LA ROUTE
DU NORD

À Marie, bien sûr, mais aussi à Galsan Tschinag
et à Roger Roupper,
dont les photos ont marqué cette histoire.

X.-L. P

© Flammarion, 2008
© Flammarion, pour la présente édition, 2014
87, quai Panhard-et-Levassor - 75647 Paris Cedex 13
ISBN : 978-2-0812-6741-1

XAVIER-LAURENT PETIT

LA ROUTE DU NORD

Flammarion Jeunesse

CHAPITRE 1

Un cri aigu déchira le silence. Aveuglée par le soleil qui se levait, Galshan tira sur les rênes de son cheval et scruta le ciel.

La silhouette effilée d'un aigle se profilait très haut, presque à l'aplomb du minuscule sentier qu'elle suivait. Les ailes étendues, il tournoyait sans effort, épiant les flancs de la vallée à la recherche d'une proie. Galshan l'observa sans bouger, tandis que, du bout des lèvres, son cheval arrachait de minuscules touffes d'herbe sèche et jaune comme de la paille.

Quelques années auparavant, elle avait passé l'hiver ici, dans la vallée de Tsagüng, auprès de son grand-père, le vieux Baytar. Ensemble, ils avaient capturé un aigle et le vieil homme lui avait alors appris à le dresser[1]. Elle l'avait appelé Kudaj, le

---

1. Voir *153 Jours en hiver*, du même auteur, Flammarion Jeunesse.

seigneur Kudaj, et jamais elle ne l'avait oublié. Elle avait fini par lui rendre sa liberté, mais ses pensées s'envolaient encore souvent sur les ailes de son aigle...

Le rapace continuait à tourner en larges cercles au-dessus des falaises, sans mouvements inutiles, juste porté par la chaleur de l'air. Se pouvait-il que ce soit lui ? Se pouvait-il que le seigneur Kudaj soit revenu et l'ait reconnue après tout ce temps ? Un instant, Galshan eut envie de tendre le poing devant elle et de l'appeler comme elle l'avait fait tant de fois au cours de cette année-là. Elle se souvenait encore du poids de l'aigle sur son bras et de son œil d'or qui la fixait sans désemparer. Mais elle ne bougea pas et continua à le suivre, les yeux mi-clos, étourdie par la lumière du matin.

Un imperceptible changement se fit dans le vol de l'oiseau. Galshan le vit soudain plonger vers le sol. Une marmotte lança un sifflement suraigu, l'aigle tomba comme une pierre, droit sur les éboulis, et écarta les ailes au dernier moment. Lorsqu'il remonta en lançant un « hiiik » victorieux, une petite marmotte se débattait faiblement entre ses serres. Le rapace et sa proie disparurent derrière les parois à pic du Guruv Uul[1] au moment où les

1. Uul = montagne.

premiers rayons du soleil se glissaient au-dessus des crêtes.

Dans un éblouissement de lumière, les roches étincelèrent comme des miroirs tandis que l'air se réchauffait brutalement. Une rafale de vent tiède coucha les hautes herbes, et la prairie desséchée ondula jusqu'à l'horizon, comme une immense bête en train de s'ébrouer.

Galshan talonna son cheval. Elle avait quitté le campement de son grand-père peu avant l'heure du Lièvre[1] dans l'espoir de profiter de la fraîcheur du matin. Mais c'était peine perdue. D'ici une heure ou deux, la chaleur serait tout aussi étouffante que les jours précédents.

Voilà des semaines que, jour après jour, le soleil et le vent de sud brûlaient tout sur leur passage. Des semaines que la vallée de Tsagüng et les montagnes qui l'environnaient étaient devenues une véritable fournaise. Des semaines que les hommes et les troupeaux attendaient les pluies d'été, mais le ciel restait parfaitement clair, balayé en permanence par de longues rafales de vent chaud.

Tout autour de Galshan, les pierres se dilataient sous la chaleur en crépitant comme de minuscules pétards. Elle leva la tête. Le ciel était maintenant désert, presque blanc, sans le moindre nuage.

1. Entre six et huit heures du matin.

L'aigle s'était réfugié à l'ombre d'un rocher pour y déchiqueter sa proie et, si rien ne venait le déranger, il ne se remettrait pas en chasse avant le lendemain.

CHAPITRE 2

Malgré tout le soin qu'il mettait à éviter les efforts inutiles, le cheval de Galshan ruisselait déjà de sueur. Les pierres roulaient sous ses sabots et il devait sans cesse rétablir son équilibre. Le sentier était si étroit que par moments il n'en restait qu'une simple trace qu'il fallait deviner dans la pierraille. Un autre chemin serpentait en contrebas, plus large et plus facile, mais Galshan avait choisi de passer au ras des roches, là où l'ombre gardait un semblant de fraîcheur.

Le cheval glissa soudain sur une pierre, il se rattrapa d'un rapide mouvement de l'arrière-train et broncha sourdement.

— *Guruj*, murmura Galshan en lui flattant l'encolure.

Tête-Noire redressa les oreilles et poursuivit d'un pas un peu plus vif.

Comme tous les nomades, le vieux Baytar ne donnait jamais de nom à ses bêtes. Un détail ou une caractéristique de leur robe suffisait à les reconnaître, et ses chevaux s'appelaient simplement Pattes-Brunes, Longs-Poils ou Crins-de-Neige...

— *Guruj*, répéta-t-elle machinalement.

Guruj... C'était l'un de ces mots un peu magiques dont son grand-père avait le secret. Un de ces mots qui ne voulaient rien dire mais que, pourtant, tous les chevaux d'ici comprenaient. Des siècles durant, les cavaliers l'avaient chuchoté à l'oreille de leurs montures pour les encourager. Et depuis des siècles les chevaux obéissaient.

Habituellement, le vieux Baytar ne laissait à personne le soin de monter Tête-Noire. Pas même à sa petite-fille. C'était son cheval, celui en qui il avait toute confiance. Et même maintenant que le vieil homme était devenu aveugle, il mettait un point d'honneur à le seller chaque jour et à le chevaucher seul. Qu'il vente, qu'il neige ou qu'il pleuve, Baytar parcourait la vallée en tous sens et laissait sa monture l'emmener là où son instinct la guidait, mais la chaleur étouffante de ces dernières semaines lui avait ôté toute son énergie. Voilà des jours que le vieux n'avait pas sellé son cheval et l'*ikhnas*[1] passait son temps à ronger son frein,

1. Cheval castré.

entravé comme une mule à proximité du campement. Ce n'était que ce matin, devant l'impatience de Tête-Noire, qui piaffait en tirant sur sa longe, que Baytar avait enfin donné à sa petite-fille l'autorisation de le monter.

Et encore ne l'avait-il fait que du bout des lèvres. Comme s'il s'agissait d'une faveur.

CHAPITRE 3

Plus Galshan approchait du haut de la vallée, plus Tête-Noire frémissait d'excitation en reconnaissant l'odeur des autres chevaux. Malgré la chaleur et la fatigue de la montée, il tenta à plusieurs reprises de prendre le galop, et Galshan eut toutes les peines du monde à le retenir. Après toutes ces journées passées seul et entravé, il piaffait d'impatience en sentant le troupeau si proche.

Mais pouvait-on encore parler d'un troupeau ?

La première fois que Galshan était venue à Tsagüng, l'année du Dragon de Métal[1], le vieux Baytar l'avait emmenée sur les hauts plateaux qui dominaient la vallée. Il y avait là des dizaines de yacks et de chevaux, et des centaines de moutons dont les toisons grises ondulaient jusqu'à l'horizon. Leurs bêlements couvraient les mugissements

1. 2000.

13

du vent. Galshan était restée ébahie devant l'immense troupeau de Baytar. Jamais elle n'avait vu autant de bêtes.

Mais cette année-là, l'hiver avait été si terrible que les oiseaux tombaient du ciel, gelés en plein vol, et que les bêtes mouraient, exténuées de faim et figées par le froid comme des statues de pierre.

La « Mort Blanche »[1] avait alors décimé le troupeau de Baytar, et jamais il ne l'avait reconstitué. Par la suite, sa vue avait tellement baissé qu'il était devenu presque incapable de s'en occuper seul. Les quelques moutons et les rares chevaux qui lui restaient encore erraient désormais à leur gré, sous la seule surveillance de Ünaa, le dernier chien du vieux.

Et cette année, lorsque Galshan était venue, comme chaque été, rejoindre son grand-père, elle n'avait retrouvé dans la vallée qu'une vingtaine de brebis amaigries par la sécheresse. L'hiver et les loups s'étaient chargés des autres. Quant aux chevaux, il n'en restait que six. Quatre juments, l'*ikhnas* qu'elle montait et un étalon devenu tellement sauvage qu'il était presque impossible de l'approcher.

Une rafale courba les herbes au moment où Galshan et Tête-Noire atteignaient le haut de la vallée. Le mugissement du vent enfla soudain, les

1. Voir *153 Jours en hiver*.

tiges desséchées cliquetèrent comme des brindilles de bois mort et un nuage de sable rougeâtre les enveloppa. Le vieux Baytar assurait que ce sable provenait du désert de l'Örenkhangay, de l'autre côté des montagnes, à plus de six jours de cheval vers le sud. L'air était si brûlant que Galshan en eut le souffle coupé. Tête-Noire s'arrêta net.

— *Taïvan saïkhan*, chuchota-t-elle. N'aie pas peur. Ça va aller.

Les grains de sable crépitaient contre sa peau comme de minuscules flèches. Elle remonta son foulard sur son visage pour s'en protéger et se tourna contre le vent.

Les autres chevaux s'étaient rassemblés plus haut, près de la source. Ils se figèrent, inquiets et nerveux, les oreilles à demi couchées et les naseaux frémissants. Ce vent incessant les alarmait comme la présence d'un danger invisible et, à chaque nouvelle rafale, ils prenaient la même attitude effarée qu'au cœur de l'hiver, lorsque les hurlements des loups résonnaient dans la vallée.

Galshan poussa Tête-Noire un peu plus loin avant de l'entraver à bonne distance des autres bêtes. Elle resta un moment immobile.

Une jument qui pâturait à l'ombre d'un gros rocher l'observa en frissonnant. C'est elle que Galshan était venue voir...

CHAPITRE 4

L e souffle de la rafale retomba et les herbes se redressèrent, mais l'air restait tout aussi brûlant. Presque irrespirable. Du bout des lèvres, la jument arracha quelques tiges jaunies.

Galshan s'approcha, la paume tendue vers elle, et l'appela à mi-voix.

— Töönejlig[1]...

De tout le troupeau, elle était sa préférée. Une bête douce et calme qui semblait toujours comprendre ce que son cavalier attendait d'elle.

— Töönejlig, répéta Galshan.

La jument secoua sa longue crinière, s'avança et flaira la main ouverte qui se tendait vers elle. En quelques semaines, elle était devenue énorme et son ventre s'arrondissait de jour en jour. Son petit n'allait plus tarder à naître, Galshan en était certaine.

---

1. « Celle qui a une tache blanche. »

Elle passa le bras autour de son encolure.

— Il doit vivre, celui-là, chuchota-t-elle. Tu as bien compris ? Il doit vivre...

La jument tendit ses oreilles vers l'avant, attentive à la voix de Galshan.

Elle était la quatrième et la dernière du troupeau à mettre bas cet été. Mais, comme la plupart des agneaux, les trois premiers poulains étaient tous morts au cours des heures ou des jours qui avaient suivi leur naissance, incapables de résister à ce soleil et à ce vent étouffant qui leur ôtaient toute force.

Chaque fois, Galshan les avait retrouvés étendus au milieu des herbes, entourés d'essaims bourdonnants de mouches et le ventre déjà gonflé par la chaleur. Ils portaient encore leur odeur de nouveaunés et les mères refusaient de les quitter. Elles hennissaient en leur donnant de petits coups de museau, comme pour les réveiller, tandis que, très haut dans le ciel, les vautours tournoyaient.

Si Galshan n'avait pas été là, le vieux Baytar aurait laissé les charognards faire leur travail sur place. En partie parce qu'il n'y voyait plus et qu'il était désormais bien trop vieux pour s'occuper de cela, mais aussi par habitude. Pour lui, la vie et la mort se côtoyaient comme deux vieilles amies que rien ne peut séparer. Les animaux étaient comme les hommes, à donner la vie et à la perdre entre le ciel et les montagnes sans que cela ne change rien au cours des choses. Mais pour Galshan, l'idée d'abandonner sur place les poulains morts était insupportable. Elle s'était donc chargée à chaque fois d'atteler leurs dépouilles à son cheval et de les traîner jusqu'au ravin. Là, les yeux brouillés de larmes, elle écoutait leur corps basculer dans le vide en entraînant les pierres dans leur chute tandis que les vautours s'abattaient en contrebas, prêts à festoyer.

Elle caressa le flanc de la jument dont la peau frissonna comme les herbes sous le vent. Le sourire aux lèvres, Galshan se colla contre elle et plaqua ses deux mains contre le ventre de l'animal. Le poulain remua sous ses paumes, bien vivant, bien à l'abri. C'était la première fois qu'elle le sentait aussi bien.

Elle attendit qu'il cesse de bouger pour poser ses lèvres contre les poils chauds de Töönejlig.

— Ne te presse pas de sortir de là, toi, chuchota-t-elle en s'adressant au poulain. Pour l'instant, tu es bien mieux là où tu es, crois-moi !

Une nouvelle bourrasque piqueta la peau de Galshan de grains de sable. L'étalon poussa un hennissement et les juments s'ébrouèrent. Töönejlig les rejoignit et les chevaux s'éloignèrent à la queue leu leu, rasant l'ombre des rochers tandis que Tête-Noire piaffait, pressé de les rejoindre.

— Du calme, fit Galshan. Toi, tu restes là. Je n'ai pas envie de redescendre à pied.

CHAPITRE 5

G alshan s'accroupit à l'ombre d'un rocher. Devant elle, la vallée semblait pétrifiée de chaleur.

Comme attisée par le vent, la petite pointe d'inquiétude qui la taraudait depuis le début de l'été se réveilla brutalement. Elle l'avait ressentie pour la première fois le jour même de son arrivée, lorsqu'elle avait aperçu au loin le campement délabré de son grand-père et la silhouette hésitante du vieil homme, tellement fragile qu'elle semblait à tout instant près de se briser.

Jusque-là, Galshan avait toujours pensé que, même aveugle, son grand-père était solide comme un roc. Indestructible. Mais pour la première fois, cette année, en arrivant à Tsagüng, elle avait compris que le vieux était réellement vieux et qu'un jour il ne serait plus là. Et depuis, cette idée restait tapie en elle comme un fauve prêt à bondir. À la fois invisible et menaçante.

Mais il y avait autre chose aussi... Cette chaleur écrasante et cette sécheresse qui n'en finissaient pas, la terre assoiffée, les animaux amaigris... Rien de cela n'était normal.

Cet été ne ressemblait à aucun de ceux qu'elle avait passés ici. Presque chaque jour, Baytar répétait qu'il n'en avait jamais connu de tel. Jamais le soleil n'avait cogné aussi durement, pendant des semaines entières, sans le moindre nuage. Jamais le vent de sud n'avait soufflé si longtemps, brûlant les fourrages, asséchant les sources et tuant les bêtes les plus faibles, et jamais les orages d'été n'avaient tant tardé. Par endroits, au pied de certains rochers, on apercevait des taches de sable ocre qui grossissaient de jour en jour. Le vent le déposait là, grain après grain, comme si le désert s'apprêtait à engloutir la vallée et à la noyer sous son sable brûlant.

Au collège, le professeur de géographie avait assuré que la Terre se réchauffait et que les humains avaient détraqué une machine qu'ils étaient incapables de réparer. Plus jamais les saisons ne ressembleraient à celles que l'on avait connues, avait-il dit. La canicule de cet été marquait-elle le début du changement ? La vallée de Tsagüng allait-elle un jour se transformer en un désert ?

Galshan tenta de chasser cette idée et s'approcha de la source. L'eau coulait, tout aussi glaciale qu'à sa dernière visite, mais moins fort, lui sembla-t-il. Au fond de la vallée, la plupart des sources étaient déjà taries, alors que tout là-haut, vers les sommets, les neiges avaient presque toutes fondu, laissant la montagne nue et noire comme après un incendie.

Galshan laissa Tête-Noire boire à longues goulées tandis qu'elle observait le campement de Tsagüng, en contrebas.

Ryham, son père, lui avait raconté que, lorsqu'il était gamin, une dizaine de familles de nomades se retrouvaient là chaque été. La vallée grouillait alors de vie, de monde et de bêtes. Mais aujourd'hui, le vieux Baytar était le dernier habitant et, des quatre *gers*[1] encore debout, la sienne était la dernière à peu près en bon état. Les autres, abandonnées depuis des années, étaient envahies par les herbes. Le feutre de leur toile flottait en lambeaux et s'abîmait un peu plus chaque hiver. Combien de temps resterait-il encore là ?

Tout à côté des taches grises des *gers*, elle devinait les mouvements presque imperceptibles des moutons qui se réfugiaient à l'ombre des montagnes. Qu'allaient-ils devenir ? Il aurait fallu que les orages tonnent, que l'herbe reverdisse, que les

---

1. Grosse tente circulaire, en feutre. On dit aussi une « yourte ».

sources coulent de nouveau... Mais le ciel restait immensément bleu. Sans le moindre espoir de pluie.

Le vent chassa un mince filet de fumée.

Même dans cette fournaise, le vieux Baytar s'obstinait à entretenir un minuscule feu de *saxaoul*[1] protégé du vent par un muret de pierres. Il restait là des heures entières, accroupi, immobile comme une souche, fixant l'horizon de ses yeux éteints.

Comme s'il n'y avait soudain rien de plus urgent que de le rejoindre, Galshan sauta sur son cheval et, malgré la chaleur, le poussa au galop en direction de Tsagüng.

---

1. Arbuste épineux des régions désertiques d'Asie centrale.

Chapitre 6

C'était l'heure du Cheval[1], la plus chaude de la journée.

Accroupi auprès du feu, le vieux Baytar observait le monde sans le voir. Tout ce qui l'entourait était noyé dans une sorte de brouillard blanc qui s'épaississait de jour en jour. Quelques mois auparavant, il parvenait encore à distinguer les ombres et les silhouettes qui défilaient devant ses yeux, la forme de sa *ger* ou celles des montagnes... Mais maintenant, c'est à peine s'il pouvait encore faire la différence entre le jour et la nuit.

Plusieurs fois, Ryham, son fils, avait voulu le convaincre de se faire opérer. En ville, des médecins pouvaient – paraît-il – lui rendre la vue. Mais la seule perspective de quitter Tsagüng lui était insupportable.

1. Entre midi et deux heures.

Cette maladie guettait sa famille comme des loups guettent l'animal le plus faible du troupeau. Le père de Baytar était mort aveugle, son grand-père aussi, et d'autres encore, bien avant eux, dont on avait oublié les noms. Son tour était maintenant arrivé. Sa vue s'était éteinte, et lui-même s'éteindrait bientôt. Les choses étaient ainsi et il s'en accommodait comme on s'accommode des tempêtes et des orages.

Une centaine de pas en arrière, Galshan étrillait Tête-Noire. Jamais les chevaux n'étaient si bien soignés que lorsqu'elle venait passer l'été ici. Il resta un moment à deviner chacun de ses mouvements et à imaginer à quoi elle pouvait bien ressembler maintenant...

Il ne gardait qu'un souvenir confus de la dernière fois qu'il l'avait vraiment vue. Malgré toute l'envie qu'il en avait, jamais il n'avait osé lui demander de poser le bout des doigts sur sa peau pour tenter de deviner la forme de ses pommettes, celle de ses sourcils, de sa bouche ou de son nez. Et jamais il n'oserait le faire... De sa petite-fille, il ne connaissait plus que le son de sa voix et le bruit de ses pas lorsqu'elle approchait.

Le vieux l'entendit s'accroupir à côté de lui.

— Alors ? Tu as vu les chevaux ?

— Ils se sont tous réfugiés là-haut, fit Galshan, vers le col. La source coule toujours, mais je ne sais pas pour combien de temps. Son niveau a encore baissé. J'ai vu la jument aussi, son petit ne va pas tarder à naître.

Du bout des doigts, le vieux repoussa à tâtons une branche de *saxaoul* dans le feu et secoua la tête.

— Pas avant dix jours.

— Hein ! Mais bien avant, Attas[1], c'est sûr ! Elle est énorme ! Tu devrais voir ça, elle...

Galshan s'arrêta net en réalisant ce qu'elle venait de dire. Le visage de Baytar se plissa de milliers de rides. C'était sa façon de sourire. Il tourna son regard vide vers Galshan. Ses yeux ressemblaient à deux pierres blanches.

— *Uutchlarai*... Pardon, Attas. J'avais oublié que tu... Enfin, elle est vraiment très grosse.

— Je n'y vois plus, Galshan, mais je n'ai pas besoin de mes yeux pour savoir que la jument ne mettra pas bas avant dix jours. Il est encore trop tôt pour que son petit naisse.

Galshan soupira. Le vieux était parfois têtu comme un mulet. Et terriblement agaçant ! Il n'avait pas bougé d'ici depuis des semaines et il ne pouvait plus voir la jument, mais il fallait qu'il sache tout mieux que les autres !

— Mais, Attas, je l'ai vue, moi ! J'ai senti le poulain bouger dans son ventre ! Je suis prête à parier

---

1. « Grand-père ».

qu'il naîtra avant... qu'il naîtra dans moins de cinq jours !

— Prête à parier, hein...

Baytar adorait ce genre de jeu. Il tendit sa grosse main rugueuse en direction de Galshan qui hésita une seconde.

— Qu'est-ce qu'on parie ? demanda-t-elle.

Baytar prit le temps de réfléchir. Il tâtonna jusqu'à trouver le petit sac de peau dans lequel il conservait son tabac. Il roula une cigarette et l'alluma en prenant une braise du bout des doigts. Sa peau était si épaisse qu'il n'en ressentait même pas la brûlure.

— Le poulain, fit-il enfin. Ça te va ? S'il naît dans moins de cinq jours, il est à toi !

Et Galshan claqua dans la main du vieux en éclatant de rire.

Baytar continuait de sourire comme s'il venait de jouer un sacré bon tour à sa petite-fille. Il semblait parfaitement sûr de lui.

— Tu penses que j'ai déjà perdu, hein ? demanda Galshan.

Le vieux n'ajouta pas un mot, mais ses rides se plissèrent un peu plus.

Galshan laissa échapper un petit soupir. C'était stupide de parier contre Baytar, elle le savait parfaitement. Surtout pour ce genre de choses. Le vieux allait gagner. Comme d'habitude...

Baytar se figea soudain.

— Tu entends ?

Galshan secoua la tête.

— Non, rien...

— Écoute !

Il n'y avait que le crépitement du feu, le bruissement des herbes et du vent... Rien d'autre. Et pourtant le vieux était là, aux aguets. Et son chien aussi.

Bien longtemps après eux, elle devina enfin le trot d'un cheval. Mais c'était encore si lointain qu'elle n'était sûre de rien. Un minuscule nuage de poussière ocre s'éleva alors sur l'horizon. Un cavalier remontait la vallée et s'approchait de Tsagüng.

Galshan jeta un coup d'œil vers son grand-père. Comment faisait-il pour être si sûr de ce qu'il ne pouvait même plus voir ? Elle avait parfois l'impression que, depuis qu'il était aveugle, il voyait encore mieux qu'elle, comme si les choses n'existaient pas seulement au-dehors, mais aussi en lui.

CHAPITRE 7

L'homme et son cheval prenaient soin de ne pas s'écarter de l'étroit chemin d'ombre qui longeait les falaises. Galshan ne les quittait pas des yeux, attendant qu'ils se rapprochent pour se faire une idée. Les voyageurs isolés étaient plutôt rares, et ceux qui passaient par Tsagüng plus encore !

De loin, l'homme lui adressa un grand geste.

— C'est Uugan ! cria-t-elle à Baytar.

Uugan avait beau avoir l'âge de son père, elle le considérait un peu comme une sorte de grand frère. Il n'était encore qu'un enfant lorsque le vieux et sa femme l'avaient sauvé d'une terrible tempête de neige[1]. Il y avait des années de cela. Sans eux, il serait certainement mort de froid et

---

1. Voir *Le Col des Mille Larmes*, du même auteur, Flammarion Jeunesse.

il leur devait donc autant la vie qu'à ses propres parents. Depuis ce jour-là, Uugan appelait Baytar « Ata »[1], comme s'il était son fils. Quant à Ryham, le père de Galshan, il le considérait comme son frère. Mais contrairement à lui, Uugan était resté fidèle au métier de ses ancêtres. Il était berger et continuait, hiver comme été, à parcourir la région avec son troupeau, accompagné de sa femme, Tsaamed, et de leurs deux enfants jumeaux, Dalaï et Ïalad.

À peine Uugan eut-il mis pied à terre qu'il s'approcha de Baytar pour s'incliner devant lui. Le vieux lui répondit par le salut traditionnel des nomades.

— *Ükher mal targalj baïn uu ?* Ton bétail engraisse-t-il bien ?

— Justement, non, répondit Uugan. C'est même pour cela que je viens te voir, Ata.

Et il s'assit à côté du vieux.

— Mes bêtes sont comme les tiennes, à dépérir de faim et de soif... La sécheresse m'a déjà tué plus de vingt brebis, tous mes poulains de l'année sont morts et c'est à peine si une dizaine d'agneaux ont survécu.

Le vieux roula une cigarette qu'il tendit à Uugan, il en prépara une autre pour lui et prit le temps d'en tirer une bouffée.

---

1. « Papa ».

— Qu'avons-nous fait pour que le ciel et le vent se fâchent ainsi contre nous ? demanda-t-il à voix basse. Je ne comprends pas leur colère...

— Je n'en ai aucune idée, Ata. Mais une chose est sûre, c'est que si nous attendons sans bouger, nos bêtes vont mourir une à une. Nous n'aurons plus rien.

Galshan ne put s'empêcher de regarder les mains d'Uugan au moment où il saisit le gobelet de thé bouillant qu'elle lui tendait. Il ne restait que deux doigts à chacune d'elles. Les autres avaient gelé au cours de la tempête de neige dont Baytar l'avait sauvé.

— J'en ai parlé avec Tsaamed, reprit-il, nous allons partir vers le nord. Peut-être trouverons-nous là-bas de l'herbe encore verte et des sources pleines.

— Et si tu ne trouves rien ?

Uugan ne répondit pas. Un nuage de poussière tourbillonna soudain au ras du sol comme un gigantesque reptile. Le sable voltigeait de partout en crépitant. Les flammes du feu de *saxaoul* se tordirent tandis que les chevaux hennissaient, les oreilles couchées en arrière. La bourrasque retomba aussi brusquement qu'elle s'était levée.

— Nos bêtes sont à deux vallées d'ici, continua Uugan. Nous partons dès demain et notre chemin passe par ici. Te joindras-tu à nous ?

Le vieux tourna son regard blanc vers Uugan.

— Je te remercie, mais c'est impossible... Je suis comme mes bêtes, trop fatigué et trop faible pour prendre la route. Je ne suis plus monté sur un cheval depuis des semaines et je n'y vois plus rien.

Il plaça sa main juste devant ses yeux.

— Même ma main, je ne la vois plus. Exactement comme si elle n'existait pas. Je ne serais qu'un poids inutile pour vous. Et puis je ne veux plus quitter cette vallée. J'en connais chaque herbe et chaque pierre. C'est ici que j'ai toujours vécu avec mes troupeaux, et ici que je veux attendre la fin.

Galshan sursauta.

— Attas ! Je t'interdis de dire ça !

Le visage du vieux se plissa dans un sourire, mais il n'ajouta rien.

— Tsaamed savait que tu me ferais cette réponse, fit Uugan. Mais il y a tes bêtes aussi. Tu ne peux pas les laisser dépérir. Confie-les-moi. Elles se joindront à mes troupeaux et je te les rendrai grasses et bien portantes à mon retour.

— Alors je vais rester ici sans troupeau... Un berger sans troupeau. Ce n'est rien, ça n'existe pas.

— Non, Ata, tu vas être ce que tu as toujours été. Un berger qui prend soin de ses bêtes.

Le vieux hocha la tête.

— Sans doute as-tu raison, Uugan. Je te fais confiance. Prends mes bêtes avec toi, je sais qu'elles seront en de bonnes mains. Laisse-moi juste mon chien et mon cheval.

Galshan se précipita vers le vieux.

— Et Töönejlig, Attas ! Son poulain va naître d'ici quelques jours ! Elle ne peut pas partir.

— Pas quelques jours, Galshan. Dans dix jours au moins ! Je te l'ai dit. Elle et son petit seront mille fois mieux là où Uugan veut les emmener qu'ici.

— Mais tu n'en sais rien, Attas ! Tu ne l'as pas vue, pas même approchée !

Les larmes lui montaient aux yeux. Uugan s'approcha.

— Je vais t'aider à rassembler les bêtes pour demain, Galshan. Et ne t'inquiète pas pour cette jument. Je vais l'examiner. Si je vois qu'elle ne peut pas suivre les autres, elle restera ici, avec vous.

Avec vous...

Galshan comprit soudain que Tsagüng allait se vider de tout ce qu'elle avait toujours connu jusqu'ici. Les bêlements des moutons, leur odeur, la présence des chevaux, le vacarme de leurs sabots contre le sol lorsqu'ils s'emportaient dans des galops effrénés... Elle allait rester seule avec le vent, le soleil et le vieux Baytar. Il était capable de passer des journées entières sans lâcher le moindre mot, capable d'attendre des heures auprès de son feu, sans rien faire d'autre et, malgré toute la tendresse qu'elle avait pour lui, elle ne se voyait pas finir l'été avec le vieux pour unique compagnie.

Elle jeta à Uugan un regard brillant de larmes.

— À moins que... reprit-il.

Il la regardait. Galshan sentit son cœur s'accélérer.

— À moins que tu ne nous accompagnes vers le nord. Le troupeau est grand, les bêtes sont fragiles, et, avec Tsaamed, nous ne serons pas trop de trois pour tout surveiller. Nous aurions bien besoin de quelqu'un...

Galshan jeta un coup d'œil vers Baytar. Il faisait comme si de rien n'était, comme s'il n'avait pas entendu les dernières paroles d'Uugan.

— Qu'en penses-tu, Ata ? insista ce dernier. Galshan pourrait venir avec nous, juste le temps d'accompagner tes bêtes et de revenir...

Le vieux ne bougeait pas d'un poil. Exactement comme si rien de tout cela ne le concernait.

— Ata ?

Baytar semblait taillé dans la pierre. Il fixait la vallée d'un air buté, les milliers de rides de son visage s'étaient refermées sur lui comme une carapace. Il ne dirait rien.

D'un revers de main, Galshan essuya les larmes qui roulaient sur ses joues. Uugan voulut lui poser la main sur l'épaule, mais elle l'esquiva, sauta sur

Tête-Noire sans même le seller et le lança au galop sans se soucier de la chaleur.

— Galshan, cria Uugan, reviens ! Où vas-tu ?

— Où je veux ! hurla Galshan sans se retourner.

Uugan la regarda s'éloigner. Baytar avait parfois un caractère de cochon. C'était une chose entendue. Mais il était à peu près certain que Galshan en avait hérité.

CHAPITRE 8

Galshan ne revint à Tsagüng qu'à la nuit tombée en menant les chevaux devant elle.

Il lui avait fallu des heures avant de parvenir à approcher l'étalon. Il s'enfuyait dès qu'elle approchait et l'attendait un peu plus loin en la regardant du coin de l'œil, comme pour la narguer. Lorsqu'elle avait enfin réussi à lui passer l'*urga*[1] autour du cou, elle s'était attendue à ce que l'animal rue et se cabre mais, comme s'il se souvenait soudain de l'existence des hommes, il était resté sur le qui-vive, prêt à fuir mais attentif à la voix de Galshan.

— *Guruj*, mon beau... Je ne te veux pas de mal. *Guruj*...

Et à chaque « Guruj », Galshan avançait d'un pas. Le grand cheval semblait hypnotisé par sa voix.

---

1. Longue perche de bois munie d'une lanière et d'un nœud coulant pour attraper les chevaux.

Sans cesser de lui parler, elle avait posé la main sur son encolure parcourue de longs frissons et l'avait entravé de façon suffisamment lâche pour ne pas gêner sa marche, mais suffisamment serrée pour qu'il ne lui prenne pas l'idée de filer. Elle avait repris le chemin de la vallée en le tenant par sa longe, et le reste du troupeau avait suivi, y compris Töönejlig dont le ventre semblait avoir encore grossi.

Les chevaux passèrent la nuit dans un vieil enclos, à proximité des *gers* et le dos au vent, humant la présence toute proche des hommes qu'ils avaient presque fini par oublier.

Les brebis, elles, ne s'éloignaient jamais bien loin du campement. Elles étaient toutes là, à piétiner dans ce qui restait du bassin que Galshan avait creusé quand le débit de la source avait commencé à faiblir. La plupart étaient maigres à faire peur alors qu'on était au cœur de l'été et qu'elles auraient dû être grasses et rebondies. Galshan savait que si elles abordaient l'hiver à venir sans avoir eu le temps de reconstituer leurs réserves de graisse, pas une ne survivrait aux grands froids.

Mais Uugan serait là demain avec tout son troupeau, prêt à mener ses bêtes et celles de Baytar vers les pâturages qui avaient jusque-là échappé à la sécheresse.

*

Le jour se leva sur un ciel immense et vide, parcouru par de longues rafales de vent sec.

Le vieux Baytar se roula une cigarette qu'il tournicota un moment entre ses gros doigts sans la fumer. Galshan ne lui avait pas adressé la parole depuis qu'elle était revenue, la veille au soir, mais il savait parfaitement qu'elle avait réussi à ramener les chevaux au campement. Rien qu'au bruit de leurs sabots sur la terre craquelée, il avait pu les compter. Ils étaient tous là. Y compris l'étalon ! Une bête qu'il aurait eu du mal à attraper s'il avait dû le faire seul. Mais Galshan avait réussi. Et ce qu'il ressentait, tout au fond de lui, c'était de la fierté.

Au fil des années, il avait appris à sa petite-fille tout ce qu'un berger doit connaître. Il lui avait montré comment soigner les bêtes et capturer les aigles, comment endurer les froids terrifiants de l'hiver et comment aider les brebis au moment de l'agnelage. Il lui avait appris à se défendre des attaques des loups et à piéger le gibier... Tout cela, elle savait maintenant le faire aussi bien que lui. Et parfois mieux. Mais il y avait plus. Galshan était douée. Elle savait comprendre les bêtes et leur parler, elle savait quel chemin suivre, quel autre éviter, et pouvait passer seule des journées entières avec la seule compagnie du troupeau... Rien de tout cela ne s'apprenait. Galshan le portait en elle, dans sa tête et dans son sang.

Comme lui, elle était une nomade. Elle était faite pour vivre ici et le remplacer maintenant qu'il était trop faible pour s'occuper de ses bêtes... Mais cela, Baytar le savait, n'était qu'un rêve.

Il allait porter la cigarette à ses lèvres lorsque sa main resta soudain en suspens, à mi-chemin de son visage... Le chien qui dormait à ses pieds se redressa d'un coup, sur le qui-vive, et gronda sourdement, prêt à s'élancer.

Baytar le retint par son collier.

— Calme, Ünaa ! murmura le vieux en se fourrant sa cigarette au coin des lèvres.

Il était aveugle mais pas sourd. Et malgré le vent qui soufflait en direction opposée, l'homme et le chien avaient tous deux entendu la même chose... Un imperceptible bourdonnement... Un bruit si ténu que n'importe qui l'aurait sans doute confondu avec le souffle du vent.

Le vieux alluma sa cigarette tandis que le ronronnement se rapprochait de façon insensible. Sous sa paume, il sentait toute l'excitation de son chien. Derrière eux, Galshan s'occupait toujours de Tête-Noire. Elle n'avait rien entendu.

Voilà ce qu'il n'avait jamais réussi à lui apprendre. Écouter. Écouter les bruits qui venaient de l'horizon, être attentif aux moindres murmures, déchiffrer chaque bruissement...

Mais pour cela, sans doute fallait-il être né ici, où le silence est le maître, et non pas dans cette ville pleine de vacarme où vivait habituellement sa petite-fille.

Baytar oublia Galshan et concentra toute son attention sur ce qu'il entendait. Un bruit de moteur... Un camion peut-être... Ou plutôt un 4×4... Le vieux attendit pour se décider. Oui, c'était cela ! Un 4×4 venait de s'engager dans la vallée et se dirigeait maintenant vers Tsagüng.

Il avait eu un visiteur hier, et il lui en arrivait un autre aujourd'hui. Voilà des années qu'une telle chose n'était pas arrivée. Quant à savoir de qui il s'agissait, c'était presque trop facile. Il était le dernier habitant de la vallée et personne ne passait jamais par ici. Un jour, Galshan lui avait dit qu'il habitait au bout du monde. Et elle n'avait pas tort.

Une seule personne pouvait donc venir le voir, et Baytar n'avait aucun doute sur l'identité de son visiteur.

Le grondement du moteur était maintenant parfaitement clair, du moins à ses oreilles. Galshan, elle, n'avait toujours rien remarqué. Au bruit, Baytar comprit qu'elle s'apprêtait à ranger sa selle.

Le chien vibrait de tous ses muscles, il gronda doucement et tenta de se libérer de la main qui le retenait.

— Calme, Ünaa ! grommela le vieux en resser-
rant sa prise.

Combien de temps allait-il se passer avant que
sa petite-fille n'entende enfin ?

CHAPITRE 9

Galshan s'apprêtait à entraver Tête-Noire lorsqu'elle se figea. Elle resta un instant immobile, l'oreille aux aguets.

— *Kün irlec !* hurla-t-elle soudain. Quelqu'un arrive ! Attas ! Tu as entendu ? Toi qui dis toujours que je n'entends jamais rien, cette fois-ci, je suis la première ! Bien avant toi !

C'étaient les premiers mots qu'elle lui adressait depuis la veille. Quelques années auparavant, Baytar aurait vertement remis sa petite-fille à sa place. Il l'aurait peut-être même traitée de petite imbécile. Il se contenta de sourire.

— Et je vois de la poussière, continua Galshan. Tout là-bas, vers le nord.

Elle sauta sur Tête-Noire sans même le seller et fila en direction du nuage de poussière. Le vieux lâcha le collier de son chien et Ünaa bondit à sa suite.

Baytar tâtonna devant lui jusqu'à sentir sous ses doigts une branche de *saxaoul* qu'il poussa dans le feu et se prépara à recevoir son visiteur. Ryham, son fils et le père de Galshan.

Il ne l'avait pas revu depuis le début de l'été, lorsqu'il était venu déposer Galshan à Tsagüng. C'était d'ailleurs les seules occasions qu'ils avaient encore de se rencontrer. Une fois lorsque Galshan arrivait, et une autre fois à la fin de l'été, lorsqu'elle repartait.

Ryham était son seul enfant, mais il vivait d'une façon si différente de lui que, le plus souvent, le vieux avait l'impression d'avoir affaire à un étranger.

Pendant longtemps, Baytar s'était persuadé que son fils suivrait la tradition. Qu'il deviendrait berger et reprendrait son troupeau comme lui-même avait repris celui de son père. Qu'il viendrait vivre à ses côtés, dans cette vallée, avec une femme qui s'occuperait des bêtes, comme cela s'était toujours fait. Oui... Il avait vraiment cru cela. Jusqu'à ce jour où Ryham avait rencontré Daala, une femme de la ville, habillée à l'occidentale et qui exerçait le métier étrange et parfaitement inutile aux yeux du vieux de professeur d'anglais. Son fils et cette femme s'étaient mariés sans rien lui demander et leur vie se déroulait désormais là-bas, dans cette ville où Baytar avait toujours refusé de mettre les pieds. Jusqu'à l'année dernière, Ryham avait sillonné le pays bien au-delà des frontières au volant d'un énorme camion dont les roues étaient plus hautes qu'un homme. Et puis il avait eu ce terrible accident[1].

Depuis, Ryham ne conduisait plus de camion, ce qui était plutôt bien. Mais au lieu de revenir habiter à côté de lui, comme le vieux l'avait un moment espéré, son fils s'était engagé dans un nouveau métier, plus incompréhensible encore que le précédent... Qu'un homme guide des chevaux et des troupeaux de moutons, c'était dans la nature des choses, mais qu'il fasse la même chose – ou presque – avec des étrangers, des touristes, comme il disait, cela dépassait l'entendement.

C'était pourtant ce que Ryham avait choisi de faire à la suite de son accident ! Il trimballait désormais aux quatre coins du pays ces « touristes » à la peau pâle et blafarde qui passaient leur temps l'œil collé à la petite fenêtre de leurs « appareils à images ».

Baytar leva la tête dans la direction où il entendait à la fois le martèlement des sabots de Tête-Noire et le grondement de plus en plus net du moteur.

Il n'était pas encore temps que Galshan retourne en ville. Qu'est-ce que Ryham venait donc faire ici ?

---

1. Voir *Le Col des Mille Larmes*.

CHAPITRE 10

Galshan plissa les yeux. Malgré la poussière qui voltigeait, elle avait immédiatement reconnu la vieille Land Rover de son père et poussait Tête-Noire sur la piste durcie par la sécheresse. Elle adressa de grands signes à la voiture.

— P'pa ! hurla-t-elle. Ryham !...

Elle se tut aussitôt. Son père n'était pas seul. Il y avait une femme à côté de lui. Une étrangère. Personne ici n'avait les cheveux blonds. Qui était-elle ? Galshan n'en avait pas la moindre idée. Raison de plus pour lui montrer tout son savoir-faire.

Arrivée à hauteur du 4×4, elle fit brusquement volte-face et lança de nouveau Tête-Noire au galop. Ryham comprit immédiatement ce que sa fille attendait de lui, il accéléra légèrement, le sourire aux lèvres. Galshan talonna les flancs de l'*ikhnas*. Les muscles de la bête se tendirent sous l'effort et Tête-Noire resta exactement à hauteur du capot de la Land Rover. Ryham appuya un peu plus sur la pédale, le mufle de la voiture grignota quelques mètres en bringuebalant sur la mauvaise piste. Les yeux mi-clos dans la poussière, Galshan se pencha alors sur l'encolure de sa monture.

— *Guruj* ! Vas-y mon beau ! Montre-leur ce que tu sais faire.

Comme s'il comprenait le jeu, l'*ikhnas* allongea encore sa foulée. Toute la puissance de la bête remonta le long du corps de Galshan, qui se fondit dans le galop de Tête-Noire. La chaleur du vent sifflait à ses oreilles, le vacarme des sabots se mêlait au grondement du moteur, le sol défilait si vite qu'elle avait l'impression de ne pas toucher terre.

— Yeeehaa !

À ses côtés la Land Rover cahotait tant et plus. Ryham s'apprêtait à accélérer encore lorsqu'il surprit le coup d'œil effaré de sa passagère. Il s'obligea à ralentir.

— Excusez-moi...

Galshan et Tête-Noire caracolaient maintenant devant la voiture. Il les désigna en souriant.

— Miss Harrison, je vous présente Galshan, ma fille. Comme vous pouvez le voir, il nous arrive parfois d'avoir des jeux stupides...

Lorsque Ryham arriva à Tsagüng, Tête-Noire se roulait dans les herbes sèches, la robe ruisselante de sueur et la bouche blanche d'écume, tandis que Galshan l'attendait, les mains sur les hanches, échevelée et grise de poussière. Encore essoufflée d'avoir tant galopé, elle s'inclina devant l'étrangère, les mains jointes à hauteur de la poitrine.

— *Saïn baïn uu.*[1]

Puis elle recula de quelques pas sans la quitter des yeux. Cette femme était fascinante. Sauf dans les journaux occidentaux ou parmi les quelques touristes qu'elle avait pu croiser ici ou là, jamais encore Galshan n'avait rencontré quelqu'un avec des yeux si bleus, une peau si blanche et des cheveux si blonds.

À vrai dire, ce n'était pas très joli. Non... Bizarre, plutôt. Cette femme pâle ressemblait un peu à ces radis conservés dans la saumure que sa mère achetait parfois au marché. Galshan se retint pour ne pas pouffer de rire. Un radis avec des cheveux jaunes...

— Galshan, reprit Ryham, voici Sofia Harrison. Miss Harrison est américaine et photographe. Elle m'a demandé de l'accompagner pour...

Il parlait anglais pour que la femme le comprenne. Il la regarda.

— À vrai dire, je crois que vous expliquerez cela bien mieux que moi...

---

1. « Bonjour. »

Sofia Harrison éclata de rire.

— Bonjour, Galshan. Je travaille pour un magazine de voyages et nous préparons un numéro spécial sur les nomades. Lorsque j'ai contacté ton père, il m'a aussitôt dit qu'il pouvait m'emmener là où personne ne venait jamais. C'est-à-dire ici ! Et nous voilà...

Sofia Harrison attendit un moment avant de reprendre.

— Mais je parle peut-être trop vite... Ryham m'a dit que tu te débrouillais aussi bien que lui en anglais, mais...

— C'est grâce à maman, coupa Galshan. Certains jours elle décide que c'est *« English day »*, et on est obligés de parler en anglais toute la journée. Elle n'est pas prof pour rien !

— Je sais... Ton père m'a expliqué ça en cours de route.

Galshan sourit. Le radis à cheveux jaunes avait l'air plutôt sympathique.

Le sourire que lui rendit Sofia se figea lorsqu'elle aperçut les yeux blancs du vieux Baytar. La fixité de son regard était presque insupportable, Sofia tenta d'y échapper en regardant autour d'elle.

C'était donc cela, Tsagüng. Un ancien campement de nomades abandonné et dont le seul et dernier habitant était ce vieil aveugle fragile, le père de son guide. Une vingtaine de moutons trop maigres broutaient çà et là et quelques chevaux piaffaient dans un enclos... C'est tout ce qu'il restait des immenses troupeaux de l'enfance de Ryham dont il avait parlé en cours de route. Un gros chien aux poils emmêlés vint lui renifler les jambes avant de s'éloigner. Le soleil était écrasant et un vent brûlant ébouriffait les herbes. La chaleur était insupportable. Il n'avait pas plu ici depuis des semaines. Peut-être des mois...

Sofia huma l'air épais. La poussière flottait autour des bêtes comme une brume sale et l'air était chargé de l'odeur des moutons. Jamais elle n'avait ressenti une telle impression de solitude et d'abandon.

Ryham s'approcha et s'inclina devant son père.

— Ata, je te présente miss Harrison. Elle...

— *Ükher mal tragalj baïn uu ?* coupa le vieux en la fixant de son regard de pierre.

Ton bétail a-t-il bien engraissé ? Aucun salut ne pouvait moins convenir que celui-là à cette femme blonde, américaine et photographe ! Le vieux Baytar le savait bien. Sofia Harrison s'inclina en bafouillant quelques mots malhabiles, le vieux ne fit même pas semblant de l'écouter. Pour une raison ou pour une autre, il avait décidé d'ignorer la présence de l'étrangère. Ryham adressa à Sofia un geste désolé et observa son père.

Le vieux avait encore maigri depuis sa dernière visite. Il semblait encore plus vieux et plus frêle, près de se briser comme une brindille sèche. Même sa voix n'avait plus la même fermeté qu'avant mais, au fond, Baytar ne changeait pas. Il avait tout à la fois un sale caractère et un véritable talent pour mettre les gens mal à l'aise.

— Que vient faire cette femme ici ? grommela-t-il.

— Elle veut faire des photos.

Le vieux ricana.

— Des photos... De qui ? De quoi ? Il n'y a rien ici qui puisse l'intéresser.

— Des photos de la vallée, de la vie qu'on y mène, de ton troupeau... (Ryham hésita une seconde.) Des photos de toi, aussi, si tu es d'accord.

Le vieux haussa les épaules. Gêné, Ryham rencontra le regard de Sofia Harrisson et se força à sourire.

— Je vous avais prévenue, miss Harrison. Les gens d'ici ne sont pas toujours faciles à vivre !

Il releva soudain la tête. Un grondement sourd s'élevait du fond de la vallée et, tout là-bas, un énorme nuage de poussière avançait lentement vers eux.

— C'est Uugan ! cria Galshan. Il arrive avec ses troupeaux !

— Uugan ? Mais qu'est-ce qu'il vient faire par ici ?

— C'est à cause de la sécheresse. Il a décidé de remonter vers le nord avec ses bêtes. Il paraît que là-bas, il y a encore de l'eau et de l'herbe. Il va prendre les bêtes d'Attas avec lui...

Ryham regarda Sofia Harrison.

— Vous vouliez faire des photos de nomades avec leurs troupeaux, miss Harrison ? Alors je crois que la chance vous sourit. Personne mieux qu'Uugan ne saura vous en parler. Cet homme-là passe le plus clair de son temps au milieu de ses bêtes. J'espère que vous savez monter à cheval...

Sofia avait déjà fixé un énorme téléobjectif sur son appareil. Elle l'installa sur un pied et commença à faire des photos de la masse de poussière et de pattes qui s'avançait vers Tsagüng.

CHAPITRE 11

Les troupeaux à peine arrivés, Ryham et Uugan se précipitèrent dans les bras l'un de l'autre. Ils avaient passé une bonne part de leur jeunesse ici, ensemble, à Tsagüng, et se considéraient comme frères.

— Et voici Sofia Harrison, fit Ryham en tendant le bras vers la photographe.

Uugan s'inclina devant elle sans prêter attention au regard qu'elle jetait sur ses mains mutilées.

En quelques mots, Ryham expliqua ce qu'elle cherchait.

— Pas de problème, fit Uugan. Si l'étrangère veut venir, elle vient. Préviens-la seulement de ce qui l'attend. Avec cette chaleur et ce vent, les jours prochains n'auront rien d'une partie de plaisir.

Sofia hocha la tête. Dès le lendemain, elle prendrait la route du nord avec les troupeaux, accompagnée de Ryham qui servirait d'interprète.

Une nuit chaude et venteuse recouvrit la vallée. Réfugiés autour de la maigre source boueuse – la dernière à couler –, les crapauds se lancèrent soudain dans un concert interminable. Leurs sifflets perçaient l'obscurité avec une régularité obsédante et se mêlaient aux bêlements des brebis, aux mugissements des yacks et au piétinement des sabots sur la terre durcie.

Le feu de *saxaoul* était la seule tache de lumière et, dans l'ombre, Sofia devinait les silhouettes des bêtes toutes proches. Face à elle, le vieux Baytar paraissait taillé dans la pierre, muet et insensible à la fumée que le vent rabattait vers lui. Il semblait ne pas se soucier de ceux qui se trouvaient là. Voilà pourtant des années que Tsagüng n'avait vu passer tant de monde ni tant de bêtes.

Sofia piocha une galette d'orge sur le plateau que lui tendait Galshan et réussit à avaler une gorgée de thé salé sans faire la grimace.

— *How do you say « thank you » ?* lui demanda-t-elle.

— *Baïrla.*

— *Baïrla,* répéta Sofia.

Galshan se mordit les joues pour ne pas exploser de rire. L'accent de miss Harrison n'était pas vraiment au point.

Le métier de Sofia intriguait Uugan et Tsaamed. Et plus encore l'idée qu'elle avait rencontré d'autres nomades ailleurs, dans d'autres pays... Ils la bombardaient de questions, voulaient savoir où et comment ces gens-là vivaient. Ryham servait d'interprète.

— Je me souviens d'un jour où j'étais dans le Namib... commença Sofia en laissant couler une poignée de terre sèche entre ses doigts.

Galshan se rapprocha. La nuit était pleine de la rumeur des troupeaux, du sifflet des crapauds et du glapissement des renards qui chassaient... Les rafales de vent chaud attisaient le feu, mais elle n'entendait que la voix de la photographe. Sofia sortit un ordinateur de son sac et, tout en parlant, montra des photos de ces pays où elle avait voyagé. À l'autre bout du monde, à des milliers de kilomètres de Tsagüng.

Tous se taisaient en l'écoutant tandis que les petits jumeaux de Uugan et Tsaamed dormaient à quelques pas de là, blottis l'un contre l'autre sur une couverture.

Dissimulé dans l'ombre, le vieux Baytar ne comprenait pas le moindre mot de ce que racontait l'étrangère, il ne voyait rien de ce qu'elle montrait, mais, rien qu'au silence de Galshan, il devinait que cette soirée ne ressemblerait à aucune autre. Jamais il n'avait senti sa petite-fille aussi attentive. Les mots de cette femme, sa voix et les images qu'elle montrait semblaient l'envoûter.

Galshan était en train de lui échapper comme de l'eau qui coule entre les doigts. Et il savait que, tout comme l'eau, il serait vain d'essayer de la retenir...

À tâtons, il se roula une cigarette et l'amertume de son tabac lui parut plus forte que d'habitude.

CHAPITRE 12

Il était très tard lorsque Sofia Harrison éteignit son ordinateur. Elle avait parlé de lieux et de gens dont ni les uns ni les autres ne soupçonnaient l'existence et tous l'avaient écoutée sans l'interrompre.

Galshan déplia sa couverture de feutre et s'allongea dehors, à même le sol. Il faisait si chaud qu'elle n'avait pas envie de s'enfermer dans l'atmosphère étouffante de la *ger*. Les autres allaient partir. Elle les accompagnerait demain jusqu'à l'entrée de la vallée, puis elle reviendrait à Tsagüng et se retrouverait seule avec Baytar pendant que tous continueraient vers le nord.

Rien que d'y penser, elle sentait une sorte de vide au creux du ventre. Les yeux grands ouverts dans la nuit, elle résista à l'envie de pleurer. Des myriades d'étoiles clignotaient au-dessus d'elle, parfois obscurcies par les nuages de poussière que soulevait le vent.

Jamais encore elle n'avait rencontré quelqu'un comme cette Sofia Harrison. Quelqu'un qui avait voyagé si loin et qui tentait de comprendre la vie des gens jusque dans ses moindres rouages... Ses photos l'avaient transportée à des milliers de kilomètres de Tsagüng, à la rencontre de personnes qu'elle ne croiserait sans doute jamais. En une seule soirée, cette femme lui avait entrouvert les portes d'un monde qu'elle ne connaissait pas.

Les autres dormaient depuis longtemps lorsque Galshan prit sa décision. Excitée comme un chiot, elle se releva et, les yeux écarquillés dans la nuit, s'approcha de Töönejlig. Tout en lui caressant le ventre, elle lui chuchota longuement à l'oreille.

— Alors ? demanda-t-elle enfin. Qu'est-ce que tu en penses, toi ?

La langue râpeuse de la jument lui effleura la peau.

— Bon. Tu es d'accord. Mais ça ne suffit pas...

Il fallait aussi convaincre son père et Sofia... Rien de très difficile. Mais le plus dur allait être d'en parler à Baytar.

Comment le vieux allait-il réagir si, au lieu de rester avec lui à Tsagüng, comme prévu, elle parvenait à accompagner Uugan et les troupeaux vers le nord ? Ce n'était l'affaire que de quelques jours et elle le rejoindrait par la suite. Après tout, Baytar avait l'habitude de rester seul.

La traînée lumineuse d'une étoile filante traversa le ciel. Elle avait lu quelque part qu'il s'agissait de minuscules débris de l'espace qui brûlaient en entrant dans l'atmosphère. Mais Baytar avait une explication très différente. Pour lui, une étoile filante signifiait que quelqu'un venait de mourir et que son esprit quittait la Terre. Il était persuadé que, si l'on formulait un vœu au passage de l'étoile, le mort veillerait à ce que celui-ci se réalise.

Galshan savait ce qu'elle voulait. Elle murmura quelques mots à toute allure, mais sans doute trop tard. La trace lumineuse s'était éteinte depuis longtemps.

Elle resta un moment à scruter le ciel dans l'espoir d'en apercevoir une autre et se laissa finalement surprendre par le sommeil.

Les crapauds s'égosillaient toujours et le souffle régulier des bêtes se mêlait à celui du vent. À tâtons, le vieux Baytar s'approcha de Galshan et s'assit juste derrière elle. Seule la minuscule braise rouge de sa cigarette le trahissait dans l'obscurité. Il était le seul à veiller, le seul à écouter la respiration toute proche de sa petite-fille qui dormait.

CHAPITRE 13

L e jour n'était encore qu'un halo blanchâtre au-dessus des montagnes lorsque Galshan se réveilla. Là-bas, Uugan et Tsaamed achevaient de bâter les yacks, qui se laissaient faire sans bouger, tout en arrachant des touffes d'herbes jaunies. Sofia Harrison dormait toujours, son père aussi, et pourtant, à côté d'elle, le feu brûlait encore. Quelqu'un l'avait entretenu pendant la nuit. Elle se retourna.

Baytar était là, accroupi à quelques pas d'elle, à demi masqué par l'obscurité.

— Attas ?

Les rides du vieux se plissèrent dans une sorte de sourire. Elle comprit qu'il n'avait pas bougé depuis la veille.

— Tu es resté là toute la nuit !

Baytar hocha la tête.

— Mais tu n'as pas dormi ?

— Je suis vieux, Galshan, et je n'ai plus beaucoup de temps à perdre. Cette nuit, j'avais mieux
à faire que de dormir.

— Quoi ça ?

— Je t'ai écoutée respirer.

Galshan le regarda comme s'il perdait la tête.

— Tu veux dire que tu as passé toute la nuit
ici, à m'écouter !

— Mmm... Et à remettre du bois dans le feu.

— Mais pourquoi ça ?

— Pour profiter de ce que je suis encore suffisamment vivant pour t'entendre.

Galshan s'assit à côté de lui. On n'était qu'aux
premières heures de l'aube, et pourtant, l'air était
déjà incroyablement chaud. Les herbes ne portaient
pas la moindre trace de rosée.

— Je ne sais pas ce qu'a raconté l'étrangère, hier
soir, reprit le vieux. Mais j'ai senti que tu l'écoutais
de toute ton attention. Cette femme a fait naître en
toi des projets qui n'y étaient pas avant. Comme si
elle te montrait un nouveau chemin...

Rien qu'en l'écoutant dormir, le vieux avait tout
deviné de ce qu'elle avait échafaudé. Comme s'il
s'était glissé dans son esprit pendant son sommeil.
Elle devait lui parler maintenant. Elle plongea ses
doigts dans les poils poussiéreux du chien qui dormait à ses pieds, la tête entre les pattes, et avala
une grande goulée d'air.

— Attas... Je... je voulais te demander si...

Les mots avaient du mal à venir.

— Si tu peux accompagner les troupeaux vers le nord en même temps que l'étrangère, termina Baytar.

— Comment le sais-tu ?

— Ce n'est pas bien difficile à deviner.

Galshan aperçut son père qui sortait de la *ger* et se dirigeait vers eux.

— Alors ? demanda-t-elle à mi-voix. Tu... tu serais d'accord ?

— Je suis un vieux nomade, Galshan. Et toi, tu es la petite-fille d'un vieux nomade... Regarde autour de toi ! Si je veux partir demain, je n'ai qu'à le décider. Rien ne me retient. Ma maison tient sur le dos d'un yack et mes bêtes vivent en liberté. Mon père disait que nous étions les fils du vent. Et on n'enferme pas le vent. Je ne vais pas retenir ma petite-fille.

Ryham n'était plus qu'à une centaine de pas.

— *Baïrla*, Attas, murmura Galshan. Merci.

Elle embrassa furtivement la peau craquelée de sa main et, pour la première fois, le vieux posa sa paume contre la joue de Galshan. Il la laissa un instant, essayant de deviner à quoi pouvait bien ressembler son visage mais, même comme ça, il n'arrivait pas à s'en faire la moindre idée.

Ryham s'accroupit auprès du feu.

— Qu'est-ce que vous mijotez encore tous les deux ? À croire que vous ne vous êtes pas couchés de la nuit !

CHAPITRE 14

Sofia Harrison émergea de sa tente, les yeux encore gonflés de sommeil. Il n'était pas six heures du matin, le vent brûlait la peau. Là-bas, Uugan et sa femme rassemblaient déjà leurs bêtes, et les chiens aboyaient, excités à l'idée du départ.

Galshan surgit soudain devant elle.

— Hello, Galshan ! On dirait bien que tu me guettais.

— Je... je t'attendais, bafouilla-t-elle d'une voix si fluette que Sofia dut se pencher pour l'entendre. Je voulais... je voulais te demander si tu accepterais que je vienne avec vous ? Mon père dit que si tu es d'accord, il sera d'accord...

— M'accompagner !... Mais c'est une idée super ! J'ai justement besoin d'une assistante !

Galshan rougit de bonheur. Elle porta les deux mains à sa poitrine et s'inclina devant Sofia, les yeux brillants.

— *Baïrla*, Sofia. Merci...

— Mais ton grand-père...

— On en a déjà parlé.

Galshan fila rejoindre le vieux auprès du feu, alors qu'il roulait sa première cigarette du matin.

— Sofia est d'accord, Attas ! L'étrangère est d'accord. Je pars avec les troupeaux... Mais je reviendrai vite. Dès que nous aurons trouvé les pâturages. C'est promis. Tu ne m'en veux pas ?

Le vieil homme posa sa main parcheminée sur le bras de Galshan.

— Je te l'ai dit tout à l'heure, Galshan, rien n'a jamais attaché un nomade. Tu es libre.

Il alluma sa cigarette au moment où Sofia Harrison s'approchait, son appareil photo en bandoulière. Elle joignit les mains et s'inclina devant le vieil homme comme elle avait vu Galshan le faire.

— *Saïn baïn uu*, bredouilla-t-elle. Bonjour...

Le vieux tourna vers elle son regard blanc et grommela quelques mots.

Sofia fit signe à Galshan.

— J'aimerais prendre quelques photos de ton grand-père. Tu crois qu'il serait d'accord ?

— Ça ! Ça m'étonnerait, mais je peux toujours lui demander.

À la grande surprise de Galshan, le vieux ne dit pas non.

— Demande à l'étrangère ce qu'elle veut en faire.

— Je vais les montrer aux gens de mon pays, traduisit Galshan. Elles seront peut-être imprimées dans le journal pour lequel je travaille et des milliers de gens pourront les voir.

Le vieux se fendit d'un sourire ébréché. Des milliers de gens, il ne voyait pas très bien ce que ça faisait, mais c'était de toute façon infiniment plus qu'il n'en avait vu au cours de sa vie.

— Tu veux dire que tous ces gens pourront me voir jusque de l'autre côté de la Terre ?

— Bien sûr ! Toi et beaucoup d'autres que j'ai rencontrés au cours de mes voyages.

Le vieux souffla doucement la fumée de sa cigarette.

— Alors, attends-moi.

Il peina à se relever et s'éloigna d'un pas mal assuré vers sa *ger*, une main posée sur l'épaule de Galshan. Ryham les regardait. Jamais encore il n'avait vu son père accepter l'aide de qui que ce soit. Ces semaines de chaleur et de sécheresse l'avaient usé. Combien de temps encore allait-il pouvoir continuer à vivre seul, ici ?

Quelques instants plus tard, Baytar ressortit vêtu de son plus beau *deel*[1], un vêtement de fête que sa femme avait brodé voilà bien des années et qu'il ne sortait que dans les grandes occasions. Il tenta

---

1. Vêtement traditionnel.

une première fois de se hisser sur Tête-Noire sans y parvenir. Il fit un deuxième essai, puis un troisième et s'appuya contre les flancs de son cheval, à bout de souffle.

— Même cela, je ne peux plus le faire, haleta-t-il.

Galshan sentit son cœur cogner de façon désagréable, comme s'il venait de rater un battement. Elle s'approcha pour l'aider, mais le vieux la repoussa et réussit à se mettre seul en selle.

Il prit alors tout son temps pour lisser les plis de son *deel*, se redressa de toute sa taille et tourna ses yeux vides en direction de Sofia.

— Ça y est. Je suis prêt. Prends tes photos.

CHAPITRE 15

Uugan et Tsaamed avaient fini de rassembler leurs bêtes, pas loin de deux cents brebis, une vingtaine de chevaux et presque autant de yacks lourdement chargés, auxquels venait s'ajouter le petit troupeau de Baytar. Le dos tourné au vent qui les agaçait, elles n'attendaient plus que le claquement du fouet d'Uugan dans l'air pour se mettre en marche.

Uugan quitta son troupeau et rejoignit Galshan au petit trot.

— Alors, il paraît que tu nous accompagnes ? Tes affaires sont prêtes ?

— Je suis une nomade, fit Galshan en souriant, Baytar me le répète assez ! Toujours prête à partir...

Uugan allait donner le signal du départ lorsqu'un corbeau se posa presque aux pieds de Baytar. Il semblait n'avoir surgi de nulle part et fixait les humains de ses petits yeux luisants comme des perles de verre noir. Il se dandina un instant avant de lancer un croassement éraillé.

Les yeux éteints du vieux fouillèrent dans la direction d'où avait jailli le cri. Le corbeau ne bougeait pas, les plumes ébouriffées par le vent. Tous se taisaient. Qu'un corbeau se pose si près d'un humain, c'était un signe que chacun, ici, comprenait. Signe que la mort et le malheur rôdaient à la recherche de leur prochaine proie...

— Khilitei shobo[1], murmura Baytar. C'est un mauvais messager, Ryham. Et c'est moi qu'il vient voir...

Ryham frissonna malgré lui.

Quand il était gamin, Baytar lui avait appris à déchiffrer les rêves et à interpréter la forme des nuages ou le vol des oiseaux... Le vieux était persuadé de pouvoir y lire l'avenir et il réglait chaque instant de sa vie sur tous ces signes qui l'entouraient. Ryham y avait cru pendant toute son enfance, mais ce temps-là était fini maintenant. Un corbeau était un corbeau, et voilà tout. Et celui-ci allait filer !

Il ramassa une pierre pour chasser l'animal qui recula à peine, les ailes écartées, le bec entrouvert. Le vieux secoua la tête.

— Inutile. Voilà des siècles que chacun sait ce qu'annonce Khilitei shobo. Ça ne sert à rien d'ignorer les signes, Ryham, eux ne t'oublient pas.

1. « L'oiseau qui parle. »

Galshan, Uugan, Tsaamed... tous gardaient les yeux fixés sur le corbeau qui les dévisageait un à un. Le vieux ne bougeait pas.

— Qu'est-ce qui se passe ? demanda soudain Sofia.

Elle finissait de ranger son appareil dans une mallette et n'avait rien vu. Personne ne lui répondit. Ryham fit de nouveau un pas vers le corbeau, qui s'envola lourdement avant de revenir se poser presque au même endroit.

— Mais qu'est-ce qui se passe ? répéta Sofia. Vous pouvez m'expliquer ?

— Rien, murmura Ryham. Ce n'est rien... Mon père est encore très attaché aux vieilles superstitions. Et l'une d'elles veut que lorsqu'un corbeau se pose près de vous en croassant, c'est qu'il annonce un danger...

Le vent souleva un nuage de poussière et quelques chevaux bronchèrent.

— Un grand danger, ajouta Ryham sans trop savoir pourquoi.

Comme s'il n'avait rien à craindre des humains, le corbeau se rapprocha encore de Baytar. D'un geste, Ryham le chassa et, avec un nouveau croassement, l'oiseau alla se poser au sommet de la *ger*. Le vieux gardait la tête tournée du côté du corbeau, comme s'il tentait, malgré ses yeux, de l'apercevoir.

— De toute façon, je ne suis plus bon à rien, murmura-t-il. Je ne peux même plus monter à cheval.

— Ce n'est rien, Ata. Juste cette chaleur qui te fatigue...

Ryham hésita un instant, son regard croisa celui de Galshan, et il se tourna soudain vers Sofia Harrison.

— Je vais rester ici, miss Harrison. Voilà longtemps que je n'ai pas eu l'occasion de passer quelques jours en tête à tête avec mon père. Galshan vous servira d'interprète. Elle en est tout à fait capable, et puis elle connaît la vie des troupeaux mille fois mieux que moi. Entre elle, Uugan et Tsaamed, vous aurez les meilleurs guides du monde.

Le vieux restait très droit, debout à côté de son cheval. De nouveau, le regard de Ryham rencontra celui de Galshan, elle était au bord des larmes.

— Allez ! fit Uugan. Il faut partir maintenant. Je voudrais atteindre l'entrée de la vallée avant les heures les plus chaudes. Il y a une source, là-bas, j'espère qu'elle coule encore. Les bêtes s'y reposeront et on ne se remettra en marche qu'en fin d'après-midi. Qu'en penses-tu, Ata ?

Le vieux hocha la tête.

— J'aurais fait la même chose.

Tsaamed tendit à Sofia les rênes de son cheval.

— Tenez. C'est ce qu'on appelle ici un *nomkhon*[1].
Galshan s'inclina devant son père, puis devant
son grand-père.

— *Saïn suuj baïgarai*[2], Attas.

— *Ayan zamda saïn iavarai*[3], Galshan.

Le regard aveugle du vieux restait posé sur elle...

— Je reviendrai bientôt, souffla-t-elle.

Le vieux hocha la tête et elle sauta sur Crins-de-
Neige, l'une des juments de Baytar. Le fouet d'Uugan claqua dans l'air et ses chiens aboyèrent.

— Yaïïïa !

Comme une immense machine, le grand troupeau se mit en marche en soulevant un épais nuage
de poussière. La terre tremblait sous les centaines
de sabots qui la martelaient, les brebis poussaient
des bêlements plaintifs et les chiens galopaient d'un
bout à l'autre en pressant les traînardes. Ballottés de
part et d'autre d'un gros yack placide, les jumeaux
éclatèrent de rire. La lourde carriole de bois sur
laquelle Uugan avait arrimé la *ger* et tout son ameu-
blement s'ébranla en couinant. Töönejlig la suivait,
attachée par une longe à l'un des montants. Galshan
se retourna. Son père et le vieux levaient la main.
La silhouette du vieil homme rapetissa peu à peu,

1. Un « cheval calme ».
2. « Séjourne bien ici. »
3. « Fais un bon voyage. »

noyée dans la poussière. Galshan jeta un rapide coup d'œil du côté de la *ger*. Le corbeau avait disparu.

Elle talonna son cheval et rejoignit Sofia.

CHAPITRE 16

U ugan chevauchait en tête. Malgré les « yaïïïa ! » aigus qu'il poussait et les claquements de son fouet, les bêtes piétinaient, déjà harassées par la chaleur et l'acharnement des mouches. La poussière soulevée par les centaines de sabots rendait l'air presque compact et d'épais tourbillons de sable masquaient l'horizon. Le soleil cognait plus durement encore que les jours précédents.

Galshan aperçut Tsaamed à travers l'écran ocre de la poussière. La femme d'Uugan restait à l'écart pour protéger ses enfants et le troupeau coulait entre elles comme un fleuve. Töönejlig et le grand yack qui portait les jumeaux la suivaient, les yeux mi-clos.

Sofia n'était qu'à quelques pas de Galshan lorsqu'elle poussa soudain son cheval et s'éloigna au trot. Galshan lui emboîta immédiatement le pas. Uugan lui avait demandé de veiller sur l'étrangère, au moins le premier jour. Même si elle semblait tout à fait à l'aise sur un cheval, il avait conduit suffisamment de troupeaux pour savoir qu'une fois en marche, les bêtes devenaient sourdes et aveugles. Elles se suivaient, collées les unes aux autres, abruties par la fatigue et la chaleur, assommées par le bruit et aveuglées par la poussière et le vent. Une fois lancées, elles bousculaient tout sur leur passage et ne faisaient pas de différence entre un obstacle quelconque et un cavalier tombé à terre. Elles piétinaient tout de la même façon.

Sofia s'arrêta à l'écart, sur un petit escarpement.

— Qu'est-ce que tu fais ? demanda Galshan en baissant l'écharpe de coton qui lui protégeait le visage.

— Mon métier.

Elle sortit son appareil et fit quelques photos du troupeau noyé dans la poussière avant de soudain braquer son objectif sur Galshan. Elle appuya sur le déclencheur. *Schlick ! Schlick !*

— Et voilà ! Tu es dans ma petite boîte.

— Ça n'arrive pas souvent qu'on me prenne en photo, fit Galshan en éclatant de rire.

— Et ton grand-père ?

— Lui ? Je crois bien que c'était la première fois.

— Il était beau, ce matin.

Galshan regarda Sofia pour voir si elle se moquait, mais non ! Elle avait l'air parfaitement sincère. Baytar était beau... C'était bien la première fois qu'elle entendait une chose pareille !

— Je voulais te demander... reprit Sofia. Cette histoire de corbeau, qu'est-ce que ça signifie exactement ?

Galshan hésita un peu.

— Oh, ce sont de vieilles légendes. Des trucs de l'ancien temps...

— Tu ne veux pas me le dire ?

— Si, bien sûr... C'est juste que... que je n'aime pas trop parler de ces choses-là. Certains disent que lorsqu'ils croassent, les corbeaux annoncent... la mort des gens. Voilà. Et mon grand-père y croit dur comme fer, mais je te répète, ce sont de vieilles histoires.

— Et toi, demanda Sofia en protégeant son appareil de la poussière, tu y crois ?

Galshan hocha la tête.

— Un peu, oui...

*

C'est en rejoignant le troupeau avec Sofia que Galshan remarqua les deux brebis. Malgré les chiens qui les harcelaient, elles restaient à la traîne. L'une d'elles portait la marque de Baytar et l'autre celle d'Uugan. Elles semblaient déjà à bout de forces et vacillaient à chaque pas en poussant des bêlements plaintifs. Galshan les rejoignit au galop ; d'un geste, elle chassa les essaims de mouches qui bourdonnaient autour d'elles et les encouragea de la voix.

— Yaïïïa ! Allez, les bêtes ! Allez !

Elles semblèrent reprendre un peu de force, mais, au bout de quelques pas, celle de Baytar s'affaissa sur le sol, les genoux dans la poussière et la bouche bordée d'une écume blanche. Galshan sauta de cheval et tenta de la relever. La brebis se débattit un court instant avant de rester immobile, en plein soleil, son gros œil vitreux fixé sur Galshan et la respiration rauque. L'autre s'était arrêtée un peu plus loin, les pattes tremblantes, incapable de faire un pas de plus, comme soudée au sol.

Uugan rejoignit Galshan. Il observa un instant la respiration irrégulière de la bête et la mousse blanche qui lui dégoulinait du museau.

— Elle est trop faible, Galshan. Il n'y a rien à faire.

Il sortit la carabine de l'étui fixé sur sa selle.

— Mais elle vit encore ! fit Galshan. Si tu lui donnes à boire, elle repartira.

Uugan secoua la tête.

— Je n'ai pas assez d'eau pour en donner à des bêtes comme elle. Elle n'aura de toute façon pas la force de suivre le troupeau.

— Et si je la porte sur mon cheval ?

— Ce serait le fatiguer inutilement. Lui aussi a besoin de toutes ses forces. Nous sommes loin d'être arrivés et personne ne sait ce qui nous attend en chemin...

Sofia s'approcha, son appareil à la main tandis qu'Uugan tendait l'arme à Galshan.

— Cette bête appartient à ton grand-père, c'est à toi de le faire...

Mais Galshan secoua la tête sans répondre. Baytar, lui, l'aurait fait, pensa-t-elle. Uugan tira une première fois et les chevaux tressaillirent en couchant leurs oreilles.

Il s'approcha ensuite de l'autre brebis. Elle vibrait de tous ses muscles et bêlait de détresse. Il l'examina un instant et tira une seconde fois sur sa propre bête.

À quelques pas de lui, Sofia prenait des photos tandis que, mystérieusement prévenus, les vautours tournoyaient déjà dans le ciel, juste au-dessus de l'endroit où Uugan venait d'abattre les deux bêtes. Sofia s'éloigna et attendit. Les premiers charognards se posèrent en lui jetant des coups d'œil méfiants et s'approchèrent des brebis en se dandinant.

Soudain, le premier plongea son bec dans la chair encore chaude.

Schlick, schlick, schlick !

Par-dessus le bruit du vent, Galshan entendait le cliquètement minuscule de l'appareil de Sofia qui prenait photo sur photo.

CHAPITRE 17

P lus de quatre heures que les bêtes avaient quitté Tsagüng. Le soleil tapait maintenant presque à la verticale. Malgré toute l'envie qu'il avait d'avancer au plus vite vers le nord, Uugan devait ménager les forces des troupeaux. De loin, Galshan le vit lever le bras et devina son cri plus qu'elle ne l'entendit.

— *Zogs* ! Halte !

Dans une cohue effarante, les bêtes s'arrêtèrent en se cognant les unes contre les autres. Elles bêlaient à en perdre haleine, poisseuses de sueur et de poussière et harcelées par les mouches, des filets de bave blanchâtre s'accrochaient à leurs poils. D'elles-mêmes, elles se collèrent contre les rochers, à la recherche des rares taches d'ombre. Certaines léchaient la pierre, quêtant un peu de fraîcheur.

La vallée finissait là. Au loin, Galshan devinait de hautes collines brûlées par le soleil. Une trace plus claire serpentait entre les herbes. Du sable et des galets... C'est tout ce qu'il restait du ruisseau qui, en temps normal, coulait ici.

— Je ne l'ai encore jamais vu à sec, murmura Uugan.

Il examina les flancs de la vallée avant de regarder Galshan.

— Il y a une source, là-haut, fit-il. Le vieux m'en a plusieurs fois parlé, mais jamais je n'y suis allé. Tu saurais la retrouver ?

Elle hocha la tête. Elle était souvent venue jusqu'ici avec Baytar. Elle engagea son cheval le long d'un minuscule sentier, attentive à la moindre trace d'humidité. Une touffe d'herbe un peu plus verte que les autres, le passage d'un oiseau... Mais aussi loin que portait son regard, il n'y avait que la terre craquelée par le soleil et le vent.

Galshan continua. Des escarpements de roches lui masquaient maintenant les troupeaux mais elle entendait toujours les bêlements incessants des brebis et le mugissement des yacks. Les bêtes avaient soif. Uugan n'en avait rien dit, mais Galshan savait que si elles ne buvaient pas avant la fin de la journée, bien peu d'entre elles seraient capables de continuer.

Et Crins-de-Neige était comme les autres, ruisselante de sueur et la bave aux lèvres, exténuée par des heures de marche en pleine chaleur.

— *Guruj*, murmura-t-elle en se penchant sur son encolure. Allez ! Aide-moi. On doit trouver cette source.

Et que se passerait-il si elle aussi était tarie ? Où trouveraient-ils de l'eau ?

Galshan chassa cette idée et se concentra sur le paysage qui l'entourait.

Dans son souvenir, l'eau coulait un peu plus haut, au pied d'un gros rocher noir qui évoquait la silhouette d'une grande femme légèrement inclinée vers le sol. Baytar l'appelait *Gadÿn*, le « rocher de la Pleureuse ». Il assurait qu'elle pleurait depuis toujours la mort de son mari, tué à la guerre, et que c'était l'eau de ses larmes qui coulait à ses pieds. La première fois qu'ils étaient venus ensemble par ici, il avait mis Galshan en garde. Les voyageurs qui puisaient de cette eau sans saluer Gadÿn encouraient la colère des esprits de la source. Lorsqu'il n'était encore qu'un enfant, un berger y avait fait boire ses bêtes avant de s'éloigner sans plus se préoccuper de Gadÿn. La vengeance des esprits avait été immédiate. Comme l'homme repartait, ils avaient effrayé son cheval qui s'était cabré en le désarçonnant avant de s'enfuir au triple galop. Les jambes brisées par sa chute, l'homme s'était traîné à l'ombre du rocher et avait espéré jusqu'à la fin du jour que quelqu'un passerait. Mais l'endroit était désert et seuls étaient venus les loups.

Ils avaient déchiqueté une à une les brebis de son troupeau avant de s'en prendre à lui, tandis que, dans le souffle du vent, il entendait s'élever les ricanements des esprits de l'eau...

Baytar croyait ferme à toutes ces histoires alors que le père de Galshan se contentait d'en rire. Des légendes sans queue ni tête, assurait-il en haussant les épaules. Galshan, quant à elle, ne savait pas trop quoi en penser. Même si les histoires de son grand-père semblaient parfois absurdes, elle ne pouvait se résoudre à en rire. À sa connaissance, personne n'avait jamais vu d'esprits, mais comment en être sûre : le vieux n'affirmait-il pas qu'ils habitaient l'obscurité de la nuit, la profondeur des sources et les gémissements du vent ?

Crins-de-Neige contourna un éboulis de roches et Galshan reconnut aussitôt le gros rocher qui se dressait devant elle. C'était Gadÿn. Le vent, le froid et les pluies lui avaient sculpté un visage et son regard de pierre semblait guetter les voyageurs. Sans que Galshan ne fasse rien, Crins-de-Neige accéléra soudain le pas et Galshan sourit. La jument avait senti l'eau bien avant elle. La source coulait toujours. Elle se déversait dans un petit bassin de pierres, juste au pied du rocher de la Pleureuse, avant de courir sur quelques mètres et de se perdre dans la terre sèche. Tandis que sa jument buvait à longs traits, Galshan s'inclina devant Gadÿn. Elle ajouta une pierre à l'*owoo*[1] qui s'élevait à ses pieds et lui demanda à mi-voix comment elle allait.

— *Saïkhan zusalj baïn uu ?*[2]

Seule l'haleine chaude du vent lui répondit, mais Galshan s'inclina de nouveau avant de boire à son tour.

— *Baïrla*, fit-elle en se relevant. Merci de couler... Et si tu acceptes de donner ton eau pour tout le troupeau, je t'offrirai une pierre pour chaque bête.

*

L'après-midi se passa à faire boire le troupeau. Galshan montait les bêtes jusqu'à la source, l'une après l'autre pour les chevaux et les yacks, par groupes de trois ou quatre pour les brebis, tandis qu'en contrebas, Uugan et sa femme retenaient le reste du troupeau qui se bousculait d'impatience. À chaque passage, Galshan murmurait la même prière. « Merci de couler. » Et, le ventre noué à l'idée que l'eau ne s'arrête subitement, elle attendait que le petit bassin de pierres se remplisse de nouveau.

Töönejlig fut l'une des dernières à boire. Les centaines de bêtes qui étaient passées avant elle avaient

---

1. Pyramide de pierres construite pour signaler un lieu important (sommet de montagne, col, tombe, source...). La tradition veut que chaque passant ajoute une pierre à l'owoo.
2. « Comment passes-tu l'été ? »

piétiné les abords de la source qui n'étaient plus qu'une mare de boue. Les taons et les mouches bourdonnaient par milliers, excités par l'odeur enivrante de l'eau et des bêtes. Galshan prit de la boue à pleines mains et l'étala sur la peau de Töönejlig pour la protéger tout à la fois du soleil et des piqûres des insectes. Sous la paume de ses mains, elle sentait par moment les mouvements du poulain dans le ventre de sa mère.

— Toi, lui fit-elle, tu ne bouges pas de là. Interdiction de sortir tant qu'on n'aura pas trouvé de la bonne herbe verte. C'est compris ?

Schlick ! Le petit bruit de l'appareil photo la fit sursauter.

— À qui parlais-tu ? demanda Sofia.

— Au poulain qui est dans le ventre de Töönejlig. Je lui demande de ne pas naître avant qu'on arrive.

— Et tu penses qu'il t'obéira ?

Galshan hocha la tête. Il était inutile de discuter. Les étrangers ne comprenaient jamais rien à ces choses-là.

— On a eu beaucoup de travail cet après-midi, fit-elle avec un petit sourire en coin. Pourquoi est-ce que tu ne nous as pas aidés ?

— Mais parce que je ne sais pas m'occuper des bêtes, Galshan. Pas plus que toi, tu ne sais prendre une photo.

— Alors tu ne sais rien faire d'autre que des photos ?

— Si, mais je ne...

— Porter des pierres, par exemple, tu saurais ?

— Bien sûr que je saurais, mais pourquoi voudrais-tu que...

Galshan prit délicatement l'appareil des mains de Sofia et le posa sur un rocher.

— Alors tu vas m'aider. J'ai promis à la source de la remercier en ajoutant à l'*owoo* une pierre pour chaque bête du troupeau. Entre celles d'Uugan et celles de Baytar, ça fait deux cent cinquante et une bêtes. Je les ai comptées.

Sofia écarquilla les yeux.

— Et tu veux qu'à nous deux on trimballe deux cent cinquante et une pierres ! Par cette chaleur ! Mais c'est de la folie, Galshan !

— Ce n'est pas de la folie que de remercier quelqu'un. La source a fait l'effort de couler jusqu'au bout malgré la sécheresse. Pendant ce temps, tu as fait tes photos et toutes nos bêtes ont bu, alors on peut faire l'effort de lui bâtir un *owoo* encore plus haut malgré la chaleur, non ? Regarde, ça n'a rien de compliqué, il faut juste choisir les plus belles, comme celle-ci...

Et elle tendit à Sofia la pierre qu'elle venait de ramasser.

CHAPITRE 18

Ugan passa le restant de la journée à remplir d'eau des outres en peau de chèvre et à les charger sur le dos des yacks pendant que Tsaamed baignait ses jumeaux dans la source. Ici, l'eau coulait encore, mais personne ne pouvait prévoir ce qu'ils allaient trouver sur leur chemin au cours des jours suivants.

Le jour finissait et la terre fumait, gorgée de chaleur. Les troupeaux étaient prêts à reprendre la route du nord. Le fouet d'Uugan claqua.

— Yaïïïa !

Les bêtes se remirent en marche dans une cacophonie de bêlements et d'aboiements. La vallée de Tsagüng s'effaça dans la pénombre et la poussière, alors que les derniers reflets du jour s'éteignaient.

Uugan attendit que l'obscurité soit complète pour fixer une lanterne sur chacune des cornes du plus grand de ses yacks, en tête du troupeau, tandis que

Sofia le photographiait. Ce yack était le maître du troupeau, expliqua-t-il pendant que Galshan traduisait, il servirait de guide et de repère durant toute la marche de nuit.

Malgré les longues rafales de vent qui les agaçaient, les bêtes avançaient dans l'obscurité, sans heurts, serrées les unes contre les autres, et la terre vibrait à leur passage. Galshan et Sofia chevauchaient côte à côte, sans un mot. Au-dessus d'elles, le ciel était semé d'étoiles jusqu'à l'horizon.

Uugan avait décidé que le troupeau marcherait jusqu'au lever du soleil. Il y en avait pour des heures, et Galshan somnolait, bercée par le pas de son cheval.

Elle sursauta, soudain tirée de son demi-sommeil par un bruit inhabituel. Les bêtes... C'étaient les bêtes. Quelque chose venait brusquement de changer dans leur comportement. Alors qu'elles étaient restées parfaitement calmes jusque-là, voilà qu'elles se bousculaient et se piétinaient en lançant des bêlements inquiets. L'un des chiens d'Uugan aboya, le cou tendu vers le ciel, comme lorsqu'un danger menace soudain le troupeau. Là-bas, le grand yack mugissait...

Il se passait quelque chose, mais Galshan aurait été incapable de dire quoi. Tous les sens en alerte, elle se dressa sur ses étriers et tenta de percer l'obscurité. Mais la nuit était si sombre que c'est à peine si elle distinguait, toute proche, la silhouette de Sofia qui dodelinait de la tête. À demi assoupie, elle n'avait encore rien remarqué. Loin devant, tamisées par la poussière, les lanternes du grand yack bringuebalaient en tous sens, comme si, lui aussi, cherchait à accélérer le pas.

Les chiens se mirent soudain à hurler tous ensemble comme ils le faisaient en hiver, à l'approche des loups. Sofia se redressa d'un coup.

— Galshan ! Qu'est-ce que c'est ? Qu'est-ce qui se passe ?

Le cœur battant, Galshan tentait de comprendre les raisons de cette agitation, mais, où qu'elle regarde, tout était absolument noir. Bien plus qu'auparavant, lui sembla-t-il.

— Je ne sais pas, fit-elle enfin. On dirait que les bêtes ont peur...

— Peur de quoi ?

Galshan ne répondit pas, mais été après été, Baytar lui avait appris que les bêtes sentent le danger bien avant les humains. Si elles avaient peur, c'est qu'il y avait une bonne raison pour cela...

Les brebis étaient de plus en plus nerveuses, de plus en plus bruyantes, certaines tentaient de se mettre à courir et se heurtaient aux autres... Le bruit d'un galop éperdu retentit et s'éloigna dans la nuit, bientôt étouffé par le vacarme du troupeau. L'un des chevaux s'était emballé. Un autre hennit, tout proche, et Crins-de-Neige réagit en faisant un brusque écart, comme effarouchée à son tour par un danger invisible.

— *Guruj !* fit Galshan en lui flattant l'encolure. *Guruj !* Qu'est-ce qui t'arrive ? Qu'est-ce que tu sens ?

L'animal frissonna et, dans l'obscurité, elle devina son gros œil effaré qui fixait la nuit.

— Galshan, répéta Sofia, qu'est-ce qui se passe ? Tu ne crois pas qu'il faudrait...

De nouveau, le bruit sourd d'un galop l'interrompit. Il se rapprochait à toute allure et s'arrêta brusquement à quelques pas. C'était Uugan.

— Jamais je n'ai vu mes bêtes aussi excitées, fit-il. Je ne sais pas ce qu'elles ont. Tu as repéré quelque chose, Galshan ?

— Rien du tout ! Mais il fait tellement noir...

Et pour la seconde fois, Galshan se dit que la nuit était bien plus profonde qu'une heure ou deux auparavant. Elle jeta un coup d'œil vers le ciel.

— Uugan ! Les étoiles...

— Quoi, les étoiles ?

— On ne les voit plus !

Le ciel donnait l'impression d'être obscurci par de grands voiles noirs qui défilaient à toute allure comme d'immenses oiseaux de nuit. Galshan se tendit soudain.

— Tu entends ?

Un grondement sourd montait de l'horizon, enva-
hissant peu à peu les collines qui se dressaient
tout autour.

De nouveau les chiens hurlèrent, la gueule tendue
à la verticale, le martèlement des sabots s'amplifia
et, comme si elles obéissaient à un ordre secret, les
bêtes se mirent à courir.

— Il faut les retenir, Galshan ! Vite !

Uugan savait qu'un troupeau qui s'emballe res-
semble à un torrent que rien ne peut arrêter.
Les bêtes deviennent furieuses et incontrôlables,
capables de toutes les folies. Il était encore temps.

Il botta son cheval et disparut dans la nuit.
Galshan entendit son fouet claquer au-dessus des
têtes des brebis. Le bruit ne cessait de grossir. De
plus en plus fort à chaque instant.

— Attends-moi là ! jeta Galshan à Sofia. Ne va
surtout pas vers le troupeau !

Et elle lança Crins-de-Neige au galop et fonça vers
l'avant. Il fallait aider Uugan. Tsaamed s'occupait
de protéger les jumeaux et jamais il ne parvien-
drait seul à calmer les bêtes. Là-bas, les lanternes
du grand yack cahotaient maintenant d'un côté à
l'autre. Malgré les outres d'eau dont il était chargé,
il s'était mis lui aussi à galoper.

— *Zogs !* hurla Galshan. Arrêtez !

Elle entendait toujours les claquements du fouet
et les cris d'Uugan, mais les bêtes n'obéissaient

plus à rien. Les brebis fuyaient dans une débandade effarante, s'entraînant les unes les autres. La terre trépidait sous le choc des centaines de sabots, le vacarme était assourdissant.

Sans trop savoir comment, Galshan se retrouva soudain à galoper tout près du grand yack. Les lanternes accrochées à ses cornes valdinguaient en tous sens. Crins-de-Neige ne cessait de faire des embardées pour éviter les brebis affolées. Un instant, Galshan pensa que si elle tombait là, elle mourrait piétinée par les centaines de bêtes qui galopaient derrière elle, sans la moindre chance de survie.

Qu'aurait fait Baytar ?

Si elle parvenait à saisir l'anneau passé dans le nez du grand yack pour l'obliger à ralentir, Galshan savait qu'une bonne part des bêtes l'imiterait. Oui... Voilà ce qu'aurait fait le vieux ! Toujours au galop, Galshan s'approcha au plus près de l'énorme animal, les jambes pressées contre les outres d'eau qui ballottaient sur ses flancs. Elle agrippa d'une main la crinière de sa jument et essaya d'atteindre de l'autre l'anneau de nez du yack. Au moment où elle l'effleurait, la bête donna un violent coup de tête et faillit la désarçonner. L'une de ses cornes heurta l'épaule de Galshan, les deux lanternes valdinguèrent dans la nuit et Crins-de-Neige fit un brusque écart. Galshan hurla de peur. Sans savoir comment, elle réussit à reprendre son équilibre et s'agrippa de toutes ses forces à l'encolure de sa monture. Le grand yack avait maintenant disparu dans la nuit.

Un grondement terrifiant couvrit soudain la fuite éperdue des bêtes. Galshan n'entendait plus les bêlements affolés des brebis, ni le galop des chevaux, ni le mugissement des yacks, ni rien... Il n'y avait plus que ce vacarme effroyable qui l'enveloppait, comme les hurlements d'une horde de démons monstrueux jaillis de la nuit.

Le vent ! En un éclair, Galshan comprit que ce qu'elle entendait c'était le vent ! Une tempête ! Voilà ce que les bêtes avaient senti bien avant elle !

En quelques secondes, les rafales se mirent à souffler avec une violence inouïe. L'une d'elles souleva à demi Galshan de sa selle tandis qu'une volée de sable lui cinglait la peau. Autour d'elle la terre crépitait comme sous une averse de grêle. Aveuglée, Crins-de-Neige se cabra, puis trébucha, Galshan se sentit glisser de sa selle. La peur déferla en elle en même temps que les rugissements du vent se déchaînaient.

Avant de lâcher prise, elle eut le temps de penser à Sofia qu'elle avait laissée seule. Crins-de-Neige eut un soubresaut qui acheva de désarçonner Galshan. Le cri qu'elle poussa se bloqua dans sa gorge. Elle retomba lourdement et quelque chose la heurta de plein fouet.

CHAPITRE 19

L e sable sifflait et le vent piaulait comme un dément. Sans se soucier de la douleur, Galshan se recroquevilla sur elle-même, le cœur affolé, s'attendant à être labourée par les sabots des bêtes paniquées.

Mais elle réalisa qu'elle n'entendait plus ni leurs cris, ni leur cavalcade affolée... Rien d'autre que les glapissements terrifiants du vent et les claquements de fouet du sable contre le sol.

Elle hurla.

— Uugan ! Uugan !

Aussitôt, le sable s'engouffra en elle comme pour la bâillonner. Il lui envahit la bouche et le nez, se glissa jusque dans ses oreilles, sous ses paupières, sur sa langue, au fond de sa gorge... Galshan suffoquait, des myriades de points lumineux tournoyaient devant ses yeux. Elle toussa, tenta de tout recracher et de reprendre souffle. Mais, chaque fois, le sable la submergeait, comme s'il cherchait à l'ensevelir. Elle étouffait. Chaque grain était un ennemi minuscule et redoutable contre lequel elle devait lutter.

Par petits gestes, elle réussit à s'enfouir le visage dans ses vêtements. Même si le sable parvenait encore à s'y glisser, même si ses poumons la brûlaient, elle respirait mieux. Elle resta là, sans bouger, paralysée de peur, à écouter les battements de son cœur qui lui défonçaient la poitrine.

Combien de temps s'était-il écoulé depuis qu'elle était tombée de cheval ? Combien de temps pourrait-elle résister ? Où étaient les autres, Uugan, Tsaamed, Sofia ? Qu'étaient devenus les troupeaux ? Et Töönejlig, avec son petit qui allait naître ?

Les images se mirent à tournoyer devant ses yeux comme dans un manège. Celles de Daala et Bumbaj, sa mère et sa petite sœur... celles de son père et du vieux Baytar... de Tsagüng... La tempête soufflait-elle aussi là-bas ? Baytar avait-il déjà connu une pareille horreur ? Des tempêtes de neige, oui, bien sûr, par dizaines. Mais des tempêtes de sable ?

— Attas, murmura-t-elle. Aide-moi...

Combien de fois le vieux lui avait-il répété qu'en pleine tourmente il fallait surtout ne pas chercher à fuir, ne pas courir n'importe où ? Toujours s'abriter sur place.

Si tu sors du chemin, si tu t'éloignes, tu te perdras. Reste là où tu es. Attends. Protège-toi...

Malgré les mugissements du vent, elle entendait la voix éraillée de Baytar lui chuchoter ses conseils. Comme s'il était là, tout proche. Son visage était devant ses yeux, aussi clair et net que s'il se tenait à ses côtés. Il souriait tandis que ses vieilles mains se roulaient une cigarette.

Baytar avait raison. Ne pas bouger ! Il fallait surtout ne pas bouger ! Ne pas offrir la moindre prise au vent... Ressembler à une pierre.

Galshan sentit le sable l'ensevelir sous une carapace de plus en plus lourde, mais elle ne bougea pas, recroquevillée comme un animal terrifié. Elle savait qu'au moindre mouvement, la tempête la bousculerait comme un fétu de paille et l'entraînerait sans qu'elle puisse résister.

La fureur du vent ne cessait d'augmenter. Ses rafales semblaient vouloir arracher la peau de la terre et l'user jusqu'à ce qu'il n'en reste rien. Ses rugissements s'amplifiaient. Rien ne pouvait résister à une pareille tempête. Rien ni personne... La fin du monde, pensa-t-elle. C'est la fin du monde... Assommée par ce déferlement de fureur, Galshan se referma sur le sourire plissé du vieux Baytar et sur son nom qu'elle sentait battre en elle au rythme de son cœur. *Attas, Attas... Attas, Attas... Attas, Attas...*

Combien de temps resta-t-elle ainsi, parfaitement immobile, écrasée par le poids du sable, terrifiée par la démence du vent et les bras noués au-dessus de sa tête pour se protéger ? Deux heures ? Trois heures ? Peut-être plus... Elle aurait été incapable de le dire. Une éternité... Ne pas bouger ! Il ne fallait pas bouger. Baytar l'avait dit...

Dans une demi-conscience, elle entendait encore le déchaînement du vent au-dessus d'elle. Une nouvelle volée de sable lui cingla le dos. Le visage de Baytar sembla s'éloigner, comme masqué peu à peu par le brouillard.

— Attas, non... Reviens !.... Reste avec moi...

Peut-être allait-elle mourir.

Quelque chose lui heurta le crâne. Elle poussa un gémissement de douleur et sentit le sang lui poisser les doigts. Tout plongea dans le noir, et Galshan se vit tomber très doucement, comme une feuille, dans un gouffre sans fond.

CHAPITRE 20

Galshan écouta les bruits de son cœur et le souffle de sa respiration, pas tout à fait certaine d'être encore vivante. Elle resta un long moment sans oser bouger malgré la chape de sable qui l'écrasait.

Lorsqu'elle entrouvrit les yeux, le monde flottait dans un brouillard ocre, et le gros disque du soleil émergeait d'un ciel jaune sale. Le jour se levait, mais c'est à peine s'il y avait assez de clarté pour deviner la forme des choses. La lumière était aussi grise et terne qu'au crépuscule, et l'haleine chaude du vent l'enveloppait d'un long bruissement régulier. Depuis combien de temps était-elle là ?

Avec d'infinies précautions, elle bougea un bras, puis l'autre, puis les jambes... Tout semblait peser des tonnes. À chacun de ses gestes le sable s'écroulait en cascade. Du bout des doigts, elle inspecta son crâne, elle se souvenait que quelque chose l'avait heurtée. Le sang ne coulait plus, ça ne lui faisait pas très mal, mais la tête lui tournait. Elle avait la bouche sèche et pleine de sable, mais elle avait surtout terriblement soif. Tout son corps réclamait de l'eau.

Elle se releva en titubant, les muscles douloureux et les bras sillonnés de longues estafilades rougeâtres. Elle fit quelques pas et secoua ses vêtements. Le sable s'était glissé jusque dans les moindres replis. Elle secoua son écharpe de coton, en remonta un pan sur son visage pour s'en faire un masque et regarda autour d'elle en se protégeant les yeux de la main. Le sable voltigeait en grains minuscules qui flottaient dans l'air, légers comme des plumes et si serrés qu'ils obscurcissaient tout... Elle aurait aimé apercevoir quelqu'un, ou même un animal, un chien, une brebis... Quelque chose de vivant. Mais rien ne bougeait. Les poussières flottaient devant ses yeux comme une muraille impalpable et impossible à percer. Elle écouta. Le vent soufflait doucement, avec une régularité exaspérante. Elle n'entendait rien d'autre.

Et si elle était la seule encore en vie ? Galshan chancela sous le choc, comme si elle venait de recevoir un coup de poing en pleine poitrine.

— Non, murmura-t-elle. C'est impossible.

Elle mit ses mains en cornet autour de sa bouche.

— Hoho ! Vous m'entendez ? Vous êtes là ?

Sa voix était éraillée, elle tremblait si fort que c'est à peine si elle la reconnut. Elle attendit un long moment, le ventre noué, l'oreille aux aguets.

— Uugan ! Je suis là. C'est moi, Galshan ! Je suis là !

Le vent... le léger bruissement du sable... Rien... Du bout de la langue, elle cueillit une larme le long de sa joue. Il ne fallait pas qu'elle pleure. Sans doute les autres la cherchaient-ils aussi... Oui ! Ils la cherchaient. Ils devaient être là, tout proches, dissimulés derrière ce brouillard de sable et de poussière. Ils allaient bientôt la retrouver, elle allait bientôt les retrouver... Il fallait qu'elle parte à leur rencontre. Mais pas au hasard.

Elle repensa à Baytar, à ce qu'il lui avait appris du brouillard. Toujours prendre des repères. *Sinon tu tourneras en rond et tu reviendras sur tes pas sans même t'en apercevoir... N'oublie jamais, Galshan, dix pas suffisent à se perdre !* Elle entendait la voix rauque du vieux résonner à ses oreilles.

Elle fit ce qu'il aurait fait et empila quelques pierres les unes sur les autres pour repérer l'endroit où elle était.

Le gros disque sale du soleil était plus haut que tout à l'heure. L'est était par là... Les autres se trouvaient vers le nord. C'est la direction que suivait le troupeau, par là aussi que la tempête les avait poussés. Aussi loin qu'elle pouvait voir, tout avait pris la couleur rougeâtre du sable. Il avait tout recouvert et seules quelques touffes d'herbes sèches émergeaient encore çà et là.

Galshan commença à marcher. Elle compta cent pas et se retourna. Le brouillard de sable masquait déjà son repère. Elle empila quelques pierres l'une sur l'autre pour marquer son chemin, se remit en marche, compta de nouveau cent pas et refit une petite pyramide de pierres...

Tous les cent pas, chaque fois qu'elle posait un repère, Galshan appelait...

— Uugan ! Tsaamed ! Vous êtes là ? Hoho !

Elle n'entendait en retour que la respiration tiède du vent et le bruit rauque de son propre souffle.

Cent pas. Galshan empila deux pierres et continua vers le nord en essayant d'oublier sa soif.

— Uugan ! Tsaamed !

Rien.

Galshan recompta cent pas.

— *Neg, khoïr, guruv...* Un, deux, trois...

Et, à chacun, l'étreinte de la peur se refermait un peu plus.

CHAPITRE 21

Dzuun ! Cent !
— Vingt-quatre fois cent pas... Et toujours rien. Galshan empila quelques pierres à côté d'une touffe de *saxaoul*. À part le cercle grisâtre du soleil qui ne cessait de monter, rien n'avait changé.

— Uugan ! Je suis là ! Hoho !

Sa voix se brisa. Le silence, le vent... Et toujours ce même ciel jaune et cette saleté de poussière qui noyait tout...

Sa gorge était en feu, rêche et râpeuse, tannée par la sécheresse. Par moments, des myriades d'étincelles tourbillonnaient devant elle et la happaient dans leurs tournoiements vertigineux. Le monde oscillait d'un côté à l'autre comme une balançoire. Galshan fermait alors les yeux jusqu'à ce que son vertige disparaisse et s'obligeait malgré tout à repartir en butant contre les pierres. Elle glissa un petit caillou rond sous sa langue pour tromper sa soif et compta cent nouveaux pas vers le nord.

— C'est ce qu'aurait fait Baytar, fit-elle à mi-voix.

Elle avait l'impression qu'il était là, tout à côté d'elle, et qu'il la conseillait à voix basse. Mais elle n'en était pas très sûre.

— *Neg, khoïr, guruv...* Vingt-cinq, vingt-six, vingt-sept...

Elle s'arrêta. Quelque chose traînait par terre, entortillé comme un serpent dans des touffes d'herbes grillées par le soleil. Galshan s'approcha... C'était une lanière d'appareil photo. La housse avait été emportée un peu plus loin, à demi ensevelie par le sable. Galshan l'ouvrit avec précaution et découvrit l'appareil avec lequel Sofia avait photographié Baytar le jour du départ.

La photographe était passée ici. À moins que le vent n'ait entraîné son appareil... Galshan regarda autour d'elle.

— Sofia ! Sofia !

La poussière étouffait ses cris.

— Sofia !

Le vent murmurait et les grains de sable crépitaient doucement contre le sol. C'était inutile de s'obstiner.

Par habitude, Galshan chercha un repère. À quelques pas de là émergeait un petit rocher qui avait la forme ronde d'une marmotte ramassée sur elle-même. Elle s'en souviendrait.

Elle passa la lanière autour de son cou, fit quelques pas et s'arrêta aussitôt. Elle avait entendu quelque chose ! Un peu sur sa gauche... Elle se figea, aux aguets... Le vent soufflait toujours et elle n'entendait plus rien. Rien que les battements affolés de son cœur et le raclement de sa respiration. Elle aurait pourtant juré que...

Le bruit reprit, bien plus proche.

— Sofia ! hurla Galshan à pleins poumons.

Pas de réponse. Mais très loin, un bruit de pattes qui se rapprochait.

— Je suis là ! Je suis là !

Elle attendit, le souffle court, les tempes battantes. Le bruit se rapprochait d'instant en instant. Elle ramassa une pierre et attendit, toute vibrante de peur. La silhouette d'un grand chien noir émergea soudain du brouillard de poussière. Il galopait vers elle et grossissait à vue d'œil, de plus en plus proche à chaque seconde. Ce n'est que lorsqu'il arriva à quelques mètres qu'elle reconnut l'un des chiens d'Uugan, le plus grand.

Il se précipita sur Galshan en aboyant et lui distribua de grands coups de langue sur les mains et le visage. Elle l'attrapa par le cou et se serra contre lui à l'étouffer. Le chien geignait doucement. Galshan comprit soudain pourquoi le vieux Baytar ne se séparait jamais de son chien.

— D'où tu viens, Ikha ?

Elle ne connaissait pas le vrai nom de ce chien, mais Ikha, ça lui allait bien. « Le grand »...

— D'où tu viens, dis-moi ? Les autres sont là-bas ?

Ses lèvres étaient si sèches et sa bouche si pâteuse qu'elle parvenait à peine à articuler. Le chien poussa un bref aboiement et s'éloigna au petit trot dans la direction d'où il était venu.

— Hé, attends-moi !

Galshan agrippa son collier et se laissa tirer, à la fois ivre de fatigue et du bonheur d'avoir retrouvé un être vivant.

CHAPITRE 22

Cramponnée de toutes ses forces au collier du chien, Galshan se laissait tirer dans une sorte de somnolence. Parfois, elle trébuchait sur une pierre qu'elle n'avait pas vue, le chien s'arrêtait alors et attendait avant de repartir, comme pour la laisser se reposer.

Elle n'aurait pas pu dire depuis combien de temps ils avançaient ainsi lorsque le chien s'arrêta brusquement et se mit à gémir. À demi recouverte de sable, une forme était étendue sur le sol, à quelques pas seulement. Galshan s'approcha, le cœur battant. Une brebis ! Ce n'était qu'une brebis... Elle était morte asphyxiée, la bouche, les yeux et les naseaux pleins de sable. Elle portait la marque des bêtes de Baytar.

Galshan effleura la toison rêche de l'animal et reconnut la tache de poils roux, sous son cou. C'était l'une des plus vieilles du troupeau.

— Allez, Ikha ! On repart. Tu dois en trouver d'autres, des vivantes, cette fois...

Chacun des mots qu'elle prononçait lui rabotait la gorge comme du papier de verre.

Le grand chien noir reprit son trottinement en tirant Galshan. Plus loin, ils croisèrent encore d'autres bêtes, mortes, elles aussi, allongées sur le sol, la bouche et les naseaux obstrués par le sable. Le grand chien s'arrêtait et les reniflait en gémissant, comme pour s'assurer qu'il n'y avait plus rien à faire. Galshan frissonna en pensant à Sofia, Uugan et Tsaamed. Qu'étaient-ils devenus ? Était-elle la seule avec le grand chien à avoir survécu ?

— Continue, Ikha ! Allez ! Cherche des vivants, tu comprends ça ? Je veux voir des vivants !

Elle était exténuée, la tête lourde et le corps brûlé par la soif. Une seule chose importait désormais : ne pas lâcher le collier du grand chien. Il était venu jusqu'à elle et elle l'avait suivi. Il était son unique guide. Sa seule chance d'arriver quelque part.

L'appareil photo de Sofia lui battait les jambes, un peu plus pesant à chaque pas. Il aurait été si facile de l'abandonner là... Mais, chaque fois, Galshan se rappelait qu'il contenait la photo de Baytar. La seule photo jamais prise de lui. Elle ne pouvait pas l'abandonner.

Le grand chien haletait, il devait maintenant traîner Galshan presque pas à pas. Il avait ralenti sa marche, et elle s'appuyait sur lui de tout son poids. Il s'arrêtait de temps à autre pour reprendre des forces et poussait un petit jappement d'encouragement au moment de repartir.

Galshan n'en pouvait plus. De nouveau, des milliers d'étoiles se mirent à tournoyer devant ses paupières, elle lâcha le collier d'Ikha pour se protéger les yeux et elle se laissa tomber dans la poussière, à bout de forces. La langue râpeuse du chien lui rabota la joue. Il lança quelques aboiements à son oreille pour la réveiller, mais elle le repoussa de la main et ferma les yeux. Elle ne voulait plus bouger.

Le grand chien noir tournicotait tout autour d'elle, comme s'il ne parvenait pas à se décider. Il lui attrapa finalement la jambe entre ses crocs et serra jusqu'à ce qu'elle crie de douleur. Elle se redressa et lui flanqua son poing sur le museau. Le chien gémit en reculant.

— Arrête ! hurla-t-elle, les larmes aux yeux.

Le chien attendait que Galshan se relève. Il ne la quittait pas du regard.

— Tu me prends pour une brebis, grommela-t-elle au milieu de ses larmes. Tu me mords pour que j'avance ! Et si je voulais dormir là, hein ?

Sans très bien savoir pourquoi, elle se mit à rire silencieusement. Aucun son ne passa ses lèvres. Elle agrippa de nouveau le collier de l'animal et se laissa traîner. Le chien la portait presque. Lui seul savait où aller.

La soif devint insupportable. Tout son corps brûlait dans l'attente de l'eau, sa langue était dure et cartonneuse, et l'intérieur de sa bouche presque à vif, usé par le sable. Elle pensa à la fraîcheur de la source qui sourdait au pied du rocher de la Pleureuse. Les larmes de Gadÿn... Ne l'avait-elle pas assez remerciée lorsque les bêtes y avaient bu ? Le chien la ramenait-il là-bas ? Uugan et ses bêtes s'y étaient-ils réfugiés après la tempête ?

Galshan avait l'impression de marcher depuis des heures lorsqu'un bruit la tira de sa demi-conscience. Un bêlement... Elle se redressa. À travers le voile opaque de la poussière, elle devina la masse sombre d'un rocher, juste devant elle. Se pouvait-il que ce soit Gadÿn ? Elle ne reconnaissait rien.

Elle attendit d'être plus près pour appeler Uugan, mais aucun son ne sortit de sa gorge. Non... Ce n'était pas Gadÿn. Ce n'était pas le rocher de la Pleureuse. Elle ne savait pas où elle était mais une vingtaine de bêtes se terraient à ses pieds, des brebis réchappées de la tempête.

Elles s'approchèrent de Galshan en se bousculant, comme si la seule présence d'un humain les rassurait.

Galshan se glissa sous la plus proche et attrapa à pleines mains l'un de ses pis. Ils étaient mous, presque vides, mais un jet blanc gicla quand même sur le sol. Elle le dirigea vers ses lèvres et sentit le lait couler contre sa bouche desséchée, comme une source tiède. Et la brebis se laissa traire sans bouger.

Exténuée, Galshan se cala contre la paroi du rocher et s'endormit d'un coup, sans même s'apercevoir que le grand chien noir s'éloignait dans le jour sale.

CHAPITRE 23

Galshan se réveilla. À travers les particules de sable qui flottaient, elle aperçut la boule rouge du soleil, juste au-dessus de l'horizon. Le jour finissait et la poussière lui râpait la gorge à chaque inspiration. Elle resta un moment immobile, à tenter de se rappeler ce qui s'était passé.

Il y avait eu la tempête, et puis, au matin, ce ciel si jaune, et elle, si seule... Et puis le chien, les brebis mortes...

Elle se redressa.

Elle avait de nouveau terriblement soif. Les brebis la fixaient de leurs gros yeux globuleux et bêlaient à n'en plus finir. Elles avaient autant besoin d'eau qu'elle. Galshan s'accroupit à côté de la plus proche. Ses pis étaient presque vides et elle n'en tira que quelques gouttes de lait.

Où était le chien ?

— Ikha !... a... a... Uugan !... gan... gan...

Seul l'écho lui renvoya son cri.

Le soleil rougeâtre glissait peu à peu sur l'horizon brouillé de sable mais la chaleur était tout aussi insupportable. Le vent chuchotait à mi-voix, sans à-coups, comme s'il avait épuisé toutes ses forces au cours des journées précédentes.

Galshan s'adossa au rocher et, pour la première fois depuis la tempête, pleura vraiment. Sans pouvoir se retenir. Les sanglots naissaient au creux de son ventre et explosaient en elle sans qu'elle puisse se maîtriser. Les épaules secouées de soubresauts, elle s'allongea sur le sol dur et laissa ses larmes couler dans la poussière.

Elle était harassée, tellement impuissante, tellement seule... Elle ferma les yeux et vit défiler ceux qu'elle aimait, Baytar, son père, sa mère et sa sœur qui étaient si loin. Il y avait aussi Uugan qui ne venait pas. Et Töönejlig avec son petit qui allait naître. Tout se brouillait, tout se mélangeait.

Elle repensa soudain au jour de leur départ, lorsque Khilitei shobo, le corbeau, était venu se poser à leurs pieds. Tout le monde avait alors pensé que sa menace de mort s'adressait au vieux Baytar, mais c'était à elle qu'elle était destinée. Elle s'en apercevait maintenant. Le grand chien noir l'avait abandonnée et elle allait mourir là, comme les brebis qu'elle avait croisées en chemin.

Tremblante de fièvre et de peur, Galshan se pelotonna contre le rocher et ne bougea plus. Le sommeil tomba sur elle comme un grand voile noir.

*

Dans son rêve, le vieux Baytar était là, tout à côté d'elle. Il l'avait prise dans ses bras et l'avait portée sur son cheval comme un petit enfant. Avec les mêmes précautions. Et maintenant, il la veillait comme il avait veillé sur elle pendant la dernière nuit qu'elle avait passée à Tsagüng. Un minuscule feu de *saxaoul* brûlait tout à côté d'eux et elle sentait l'odeur de ses cigarettes. De temps à autre, il posait la main sur son visage, une main si fraîche et douce que Galshan avait du mal à y reconnaître celle de son grand-père. Il lui parlait si tendrement que, là aussi, Galshan n'était pas sûre de reconnaître sa voix éraillée par le tabac et les cris de berger.

Elle ouvrit les yeux. Tsaamed lui sourit.

— Ne bouge pas, Galshan. Repose-toi encore... *Taïvan saïkhan.* Tout va bien.

Tsaamed trempa un tissu dans la cuvette d'eau qui était à ses pieds, elle l'essora et essuya le visage de Galshan brûlé par le vent. Le seul bruit de l'eau au fond de la cuvette en plastique était infiniment apaisant. Aussi rassurant que la voix de Tsaamed et le babillage des jumeaux qui jouaient tout près.

Galshan se tourna sur le côté. Un petit feu de *saxaoul* brûlait et, face à elle, en partie masqué par la fumée, Uugan fumait. Il lui adressa un signe de tête et sourit à son tour.

Taïvan saïkhan... Tout va bien...

Les doigts de Galshan rencontrèrent les poils rugueux et tout emmêlés du grand chien noir. Il glissa sa grosse tête sous son bras et laissa échapper un long soupir de chien fatigué. Les bêlements des brebis s'étaient apaisés. Galshan referma les yeux.

Taïvan saïkhan. Tout va bien...

CHAPITRE 24

L e ciel était clair, lavé de la poussière et du sable des derniers jours. Le vent lui-même se taisait. Galshan entendit une voix de femme qui comptait ses bêtes et les aboiements des chiens. Elle chercha à se redresser, mais la tête lui tournait tellement qu'elle se rallongea aussitôt.

Tsaamed s'aperçut qu'elle était réveillée et l'aida à boire un gobelet de *khar tsaï*[1] en lui tenant le dos.

— Tu nous as fait peur...

Galshan engouffra la moitié d'une galette d'orge avant de répondre :

— À la fin de la tempête, quand je suis sortie de mon trou, j'ai eu l'impression d'être seule au monde.

Elle but une gorgée de thé bouillant.

1. « Thé noir. »

— Autour de moi, tout était mort. Il n'y avait que du sable partout, et ce ciel tout jaune. C'était terrifiant, je me demandais si...

Galshan s'arrêta soudain.

— Et Sofia ? demanda-t-elle, elle...

Tsaamed détourna les yeux. Les petits jumeaux jouaient à côté d'elle avec une poupée de chiffons.

— On ne sait pas où elle est, fit-elle à mi-voix.

— Pas où elle est... Comment ça ? Elle n'est pas...

Elle ne parvenait pas à maîtriser les tremblements de sa voix.

— On a d'abord espéré qu'elle était avec toi. Et puis...

Galshan se souvint. Uugan lui avait demandé de veiller sur l'étrangère, de ne pas la quitter. Et puis il y avait eu la tempête, la panique des bêtes... Elle l'avait laissée seule.

— C'est ma faute ! murmura-t-elle d'une voix blanche. Je devais rester avec elle. Je l'ai abandonnée et...

Elle fondit en larmes. Tsaamed la serra contre elle.

— Ce n'est la faute de personne, Galshan. Personne ne pouvait prévoir ce qui s'est passé. Dès qu'on a pu calmer les bêtes et leur trouver un endroit un peu abrité, Uugan est parti à votre recherche. Sans même attendre la fin de la tempête. Il nous manquait des dizaines de brebis et il était persuadé que toi et Sofia aviez trouvé un refuge quelconque avec elles. Il a passé le restant de la nuit à vous chercher avec les chiens qui tremblaient de peur. Il vous a appelées pendant des heures, mais les hurlements du vent étaient les plus forts. Le sable effaçait ses traces et la poussière était si épaisse que c'est à peine s'il a pu retrouver son chemin jusqu'à l'endroit où l'on s'était réfugiés...

Galshan tripotait la lanière de l'appareil photo de Sofia.

— Il n'est reparti à votre recherche que lorsque la poussière a commencé à se dissiper. C'est à ce moment-là que Chien noir est arrivé et nous a menés jusqu'à toi. Mais tu étais seule, Galshan, sans l'étrangère...

Galshan ne dit rien. Les yeux pleins de larmes, elle fixait l'appareil photo. Uugan les rejoignit et s'accroupit auprès du feu.

— On a perdu une quarantaine de brebis, fit-il. Quarante-deux exactement, dont cinq du troupeau de Baytar. Et il nous manque un cheval, le *nom-khon*[1]... Celui qu'avait l'étrangère.

— Sofia a disparu ! cria Galshan, la voix entre-coupée de sanglots. Elle est peut-être morte, et toi... et toi, tu comptes tes bêtes !

Elle se leva en renversant son gobelet de thé et fila en courant vers les chevaux. Uugan avait

1. Voir note page 77.

entravé l'étalon de Baytar, et Crins-de-Neige mâchonnait une brindille de *saxaoul* comme s'il ne s'était rien passé. Töönejlig était là, au milieu des autres juments de Baytar. Galshan se colla contre son ventre rond et resta là, à guetter les mouvements du poulain.

Sofia ne pouvait pas mourir comme étaient mortes les bêtes qu'elle avait croisées avec le grand chien noir. Un humain ne pouvait pas connaître le même sort qu'une vulgaire brebis... C'était impossible.

En frissonnant, elle repensa au corbeau qui s'était posé à Tsagüng au moment du départ des troupeaux. Était-il possible qu'il soit venu pour l'étrangère ? Pour lui annoncer que sa vie allait finir là, quelques heures plus tard, perdue dans une tempête de sable si terrible qu'elle ressemblait à la fin du monde.

Le ventre de la jument ondula soudain sous ses paumes. Le poulain vivait toujours, bien à l'abri.

— Attends encore, petit cheval ! lui chuchota Galshan. Reste dans le ventre de ta mère tant que tu peux. Nous ne sommes pas encore là où l'herbe est verte.

Elle ne bougeait pas, attentive aux mouvements du poulain. Elle repensait au pari qu'elle avait fait avec Baytar en espérant de toutes ses forces que le vieux avait eu raison et que le petit allait naître le plus tard possible. Baytar connaissait la vie mieux que quiconque. Baytar... Jamais elle n'aurait réussi à survivre sans tout ce que le vieux lui avait appris. Il l'avait accompagnée tout au long de ces heures comme un guide, elle s'en rendait compte maintenant. C'est lui qui lui avait appris à ne pas céder à la peur, à ne pas s'enfuir devant elle, à se protéger, à attendre... Elle lui devait la vie.

Le poulain bougeait toujours.

— Galshan...

Elle fit d'abord comme si elle n'avait pas entendu, comme si Uugan n'était pas là, juste derrière elle.

— Galshan...

— Fous le camp ! Je ne veux plus te voir ! Compte tes bêtes, moi, je vais rentrer à Tsagüng !

— Est-ce que tu saurais retrouver l'endroit où tu as découvert l'appareil de l'étrangère ?

Galshan se retourna.

— Retrouver l'endroit ? Je ne sais pas. J'ai cessé de prendre des repères dès que le grand chien noir m'a retrouvée. Mais peut-être qu'avec son aide... Il y avait un rocher en forme de marmotte.

— Et tu te sens suffisamment en forme pour monter à cheval ?

Galshan hocha la tête.

— Alors, on y va. Les bêtes resteront ici, Tsaamed s'en occupera. Elles n'ont presque rien à manger, mais j'ai trouvé une minuscule source, là-bas. Avec ce qu'il reste dans les outres et à condition de les rationner, elles tiendront encore deux jours... Le temps d'aller à la recherche de l'étrangère.

CHAPITRE 25

Uugan et Galshan arrivèrent au pied de la grosse roche où le chien l'avait laissée après la tempête. Galshan s'arrêta pour examiner les alentours, les yeux plissés, tentant de reconnaître un détail, de retrouver trace de son passage...

— C'est par là, assura-t-elle finalement en bottant son cheval.

Uugan ne lui posa aucune question et la suivit dans la direction qu'elle venait d'indiquer.

Ils chevauchèrent un long moment en silence avant qu'elle ne s'arrête de nouveau. Le grand chien noir observait Galshan, et Galshan observait le paysage autour d'elle. Des buissons de *saxaoul* et des touffes d'herbes brûlées par la sécheresse, des rochers à perte de vue... Uugan la laissa faire sans rien dire, sans impatience, tandis qu'immobiles au soleil les chevaux frissonnaient sous les piqûres incessantes des mouches et des taons. Rien n'était plus difficile que de retrouver son chemin dans de tels endroits, il le savait. Même pour un œil aussi exercé que le sien, tout se ressemblait.

Galshan le regarda.

— Je ne sais plus où aller, fit-elle à voix basse. Je ne reconnais rien.

— Tu ne te souviens de rien de particulier ?

— J'étais presque inconsciente, ton chien devait me porter... La seule chose dont je me souviens, c'est qu'on est passés devant plusieurs brebis mortes. Elles étaient ensevelies sous le sable. De loin, on aurait dit de petites collines rondes...

— Comme ce qu'on voit là-bas ? demanda Uugan en tendant la main vers une bosse de sable à flanc de colline.

Malgré la chaleur, ils galopèrent jusque-là. Des essaims de mouches s'envolèrent en vrombissant lorsqu'ils s'approchèrent. C'était bien l'une des brebis d'Uugan, elle portait sa marque.

— Mais la première que ton chien a repérée appartenait à Baytar.

Ils repartirent. Il y avait d'autres petites bosses rondes, plus loin encore, presque invisibles sous le soleil qui tombait maintenant à la verticale et écrasait les ombres. Les brebis avaient emprunté une sorte de col exposé au vent, sans le moindre abri pour se protéger. La tempête s'y était engouffrée sans rien pour lui faire obstacle. « Pas étonnant que tant de bêtes aient trouvé la mort ici », grommela Uugan à mi-voix. Elles avaient dû traverser au plus fort de la tempête et prendre le vent de plein fouet. Même le plus solide de ses yacks n'aurait pu y résister. Quant à l'étrangère... Mieux valait pour elle qu'elle ne soit jamais passée là.

Chien noir partit soudain en avant, il s'arrêta devant l'une des bêtes et aboya. Elle portait la marque de Baytar et une tache de poils roux sous le cou.

— C'est elle ! Celle que j'ai vue en premier.

Galshan plissa les yeux, examinant chacun des détails qui l'entouraient.

— On venait de là.

Là encore, Uugan ne lui demanda ni comment elle le savait, ni si elle en était certaine. Plus d'une fois, le vieux Baytar lui avait dit que sa petite-fille était taillée pour la vie d'ici et cela suffisait pour lui faire confiance.

Ils avançaient en silence sous le soleil, Galshan en tête. Parfois, elle s'arrêtait et regardait autour d'elle avant de repartir en observant les réactions du chien.

— Regarde, Uugan ! s'écria soudain Galshan. C'est là !

Un petit rocher, rond et dodu comme une marmotte, se dressait juste devant eux. Ils entravèrent leurs chevaux et commencèrent à chercher des traces du passage de Sofia. Uugan savait pourtant combien tout cela était fragile. Retrouver cet endroit, ce n'était pas retrouver l'étrangère. L'histoire de l'appareil avait été une chance extraordinaire, mais Galshan ne l'avait découvert que parce que la lanière s'était prise dans les herbes. Peut-être avait-il été emporté par le vent sur des kilomètres...

*

Uugan se redressa.

Voilà plus d'une heure qu'ils cherchaient. Et malgré tout l'entêtement de Galshan, ils n'avaient toujours rien trouvé. Pas le moindre indice, pas le moindre objet, pas la plus petite trace... Rien n'indiquait qu'à un moment ou à un autre l'étrangère fût passée par ici. Le vent avait tout nivelé, le sol était lisse, sans la moindre empreinte d'homme ou de cheval.

Les ombres s'allongèrent encore. L'heure du Singe[1] tirait à sa fin. Même en repartant tout de suite, ils ne rejoindraient pas Tsaamed avant la nuit. Il fallait reprendre au plus vite la route du nord avec les troupeaux tant qu'ils pouvaient encore marcher. Chaque heure comptait. Quant à l'étrangère,

1. Entre quatre et six heures de l'après-midi.

elle était morte, Uugan en était certain. Cela faisait plus de quatre jours maintenant que la tempête s'était levée et même si, par miracle, elle avait survécu au sable et au vent, comment aurait-elle pu tenir ici, seule, sans eau et avec cette chaleur ? Galshan continuait d'examiner chaque parcelle de terrain, les yeux rivés au sol, et Uugan ne savait pas trop comment lui dire tout cela.

Chien noir se mit soudain à aboyer. Galshan bondit vers lui.

— Tu as trouvé quelque chose, Ikha ! Montre ! Montre-moi !

Le chien aboyait toujours à pleine gueule.

— Qu'est-ce qui t'arrive ?

Uugan examina une à une les collines qui disparaissaient peu à peu dans la fin du jour. Tout se fondait dans la même grisaille, et les brumes de chaleur brouillaient tout. D'ici quelques minutes, on n'y verrait plus rien. Le chien continuait pourtant à aboyer. Comme tous les chiens de berger, il avait été dressé à ne le faire que dans quelques cas bien précis. Pour rassembler les bêtes, pour signaler un danger ou pour attirer l'attention des humains...

Que voulait-il faire comprendre ?

Uugan garda les yeux fixés sur l'horizon jusqu'à ce qu'un minuscule détail retienne son attention. Il n'était certain de rien mais...

— Galshan... Là-bas, regarde ! Juste à droite de la seconde colline, dans le creux...

Galshan suivit la direction qu'il indiquait.

Très loin, à peine visible au travers de la brume et de la pénombre, un mince filet de fumée montait dans le ciel.

CHAPITRE 26

Galshan sauta sur Crins-de-Neige. Malgré la chaleur, la jument se mit au galop, le cou tendu, en soulevant des nuages de poussière. Le petit filet de fumée se précisait à chaque enjambée.

— *Guruj !* fit Galshan, à demi dressée sur ses étriers. Plus vite !

Uugan la talonnait. Ils grimpèrent la première colline au galop, les chevaux écumaient de sueur et Chien noir, la langue pendante, mettait toute son énergie à rester à leur hauteur. Ils s'engagèrent dans la descente sans ralentir mais, arrivé à mi-pente, Uugan fit signe d'arrêter.

Un homme chevauchait à leur rencontre. Il s'arrêta à leur hauteur.

— *Saïn baïtsgaan uu.*[1]

1. « Bonjour », lorsqu'on s'adresse à plusieurs personnes.

— *Saïkhan zulalj baïn uu*, répondit Uugan. Passes-tu bien cet été ?

L'homme hocha la tête en souriant et les observa sans rien ajouter, comme s'il cherchait à qui il avait affaire. Galshan brûlait d'impatience de le questionner, mais il fallait respecter les règles de la politesse. Puisque l'homme était venu vers eux, c'était à lui de parler en premier.

— Je vous guettais, fit-il enfin.

— Tu nous attendais ?

Le sourire de l'homme s'élargit. Il lui manquait presque toutes les dents de devant.

— Toi ou un autre, peu importe. Mais j'attendais quelqu'un. Je me doutais bien qu'une étrangère ne pouvait pas voyager seule par ici. Elle parle sans arrêt et tente de nous expliquer des tas de trucs, mais on ne comprend rien à son charabia.

Galshan sentit une bouffée de bonheur l'envahir.

— Une étrangère ! s'écria-t-elle. Tu l'as vue ? Une femme blonde, très pâle ?

— Une toute blanche comme un navet avec de drôles de cheveux jaunes, oui...

— C'est Sofia ! C'est Sofia !

L'homme fit un signe de tête.

— Sofia, oui... Je crois bien que c'est son nom. C'est tout ce que j'ai réussi à comprendre. Moi, c'est Tsegmidjin, mais tout le monde m'appelle Tseg.

Galshan sauta de son cheval et s'inclina devant lui.

— Lui, c'est Uugan, et moi, c'est Galshan. *Baïrla,* Tseg ! Merci d'avoir retrouvé Sofia !

Il éclata de rire.

— Holà ! Doucement, ma petite demoiselle. Je n'ai retrouvé personne, moi ! C'est mon chien qui a tout fait, ou peut-être les esprits du vent qui ont placé cette femme sur mon chemin. Je ne sais pas...

Il montra les immenses collines qui s'effaçaient dans le soleil couchant.

— Comment veux-tu retrouver quelqu'un ici, en pleine tempête et en pleine nuit ? Moi, la seule chose que j'avais en tête, c'est que ma *ger* ne s'envole pas. Sans mon chien, je ne me serais aperçu de rien. Il tremblait comme un rat dans son trou, terrifié par le bruit, et soudain, le voilà qui se met à hurler et à tirer sur sa chaîne à s'en étrangler. Il était comme fou, encore plus déchaîné que le vent, jamais je ne l'avais vu comme ça. J'ai fini par mettre le nez dehors. Et crois-moi qu'il fallait un certain courage avec ce vent qui hurlait comme une armée de démons ! À peine dehors, j'ai eu l'impression de prendre des coups de fouet en pleine gueule ! Saleté de sable ! Sans compter qu'on n'y voyait rien. J'ai même pas vu le cheval, juste entendu le galop d'une bête emballée qui passait à deux pas de moi, et puis le cri de la femme aux cheveux jaunes lorsqu'elle est tombée. Une sacrée chance qu'elle a eue ! Un peu plus tôt ou un peu plus tard, je n'aurais rien remarqué. Et même que...

— Elle va bien ? coupa Galshan. Elle n'est pas blessée ?

De nouveau, Tseg éclata de rire.

— Elle va comme quelqu'un qui a vu la mort de près et qui se dit que la vie vaut vraiment le coup d'être vécue. Elle est prête à vivre dix fois, si tu veux mon avis !

Il sortit une petite bouteille de vodka de sa veste.

— On va fêter ça, tiens !

Il en but une grande lampée avant de la tendre à Uugan, et regarda Galshan.

— Tu me parais un peu jeune pour en profiter mais si tu veux boire un coup, c'est pas moi qui t'en empêcherai.

— Allez ! fit Galshan. On y va ! Faut aller la retrouver !

Sa voix vibrait d'impatience. Tseg, lui, passait la moitié de son temps à rire.

— On y va, jeune Galshan, on y va ! Mais doucement. Regarde-moi dans quel état est ton cheval ! On n'a pas idée de faire galoper une bête par une chaleur pareille. Tu voudrais le tuer que tu ne ferais pas autre chose !

Et, avec un large sourire, Tseg mit son cheval au pas. Galshan rongeait son frein mais, là encore, la politesse voulait qu'on reste à hauteur du maître de maison sans le dépasser.

— Je peux te poser une question ? demanda Uugan.

— Vas-y toujours !

— Pourquoi n'as-tu pas cherché à nous retrouver ?

L'homme lui jeta un regard étonné.

— On ne cherche que ce qu'on a perdu. C'est toi et ta fille qui avez perdu l'étrangère. Pas moi...

— Je ne suis pas la fille d'Uugan, fit Galshan.

— Ah non !... Arrête-toi un peu que je te regarde de plus près.

Tseg dévisagea longuement Galshan. Il puait l'alcool.

— Maintenant, je sais qui tu es, fit-il d'un air triomphant. Tu es...

Il porta de nouveau le goulot à ses lèvres.

— Tu es la petite-fille du vieux Baytar, pas vrai ?

Galshan lui jeta un regard étonné.

— Comment le sais-tu ?

— La dernière fois que mon chemin a croisé celui du vieux, on sortait à peine du Grand Hiver. C'est là que pour la première fois, il m'a parlé de toi. Il ne parlait même que de toi ! Il assurait que tu lui avais sauvé la vie[1] et que tu avais beau habiter je ne sais où, tu étais une vraie nomade. Une

1. Voir *153 Jours en hiver.*

fille d'ici... Tu lui ressembles un peu au vieux, j'aurais dû m'en apercevoir plus tôt. Et puis je t'ai vue galoper tout à l'heure, on aurait dit que tu étais née sur un cheval et que tu n'en étais jamais descendue depuis. Seul le vieux peut t'apprendre à monter comme cela. Parle-moi de lui...

*

Ils arrivèrent sur la crête. Un *aïl*[1] de trois *gers* se dressait en contrebas ; l'une d'elles était éventrée et des lambeaux de feutre déchiqueté battaient au vent.

— Saloperie de tempête ! grommela Tseg.

Une femme sortit de la plus proche et regarda dans leur direction. Des cheveux blonds, la peau très pâle...

— Sofia ! hurla Galshan.

Elle botta les flancs de Crins-de-Neige et la lança au grand galop sans plus se soucier de rester derrière Tseg.

— Elle ne sait pas ce que c'est que d'aller doucement, la petite-fille du vieux, grommela-t-il en lampant une nouvelle gorgée de vodka.

Lorsqu'ils arrivèrent, Sofia et Galshan étaient déjà en grande conversation. Tseg écarquilla les yeux en entendant Galshan parler anglais.

1. Campement de plusieurs tentes.

— Que tu saches monter à cheval comme ton grand-père, c'est normal. Mais que tu comprennes quelque chose à tout ce baragouin, ça, c'est un mystère !

— C'est grâce à Daala, ma mère. Elle est professeur d'anglais.

Tseg se mit à rire si fort que les larmes lui coulaient des yeux.

— Professeur d'anglais ! hoqueta-t-il, mais à quoi ça peut bien servir ?

— Tu le vois bien. Ça sert à comprendre les étrangères aux cheveux jaunes !

*

Une minuscule source coulait à proximité de l'*aïl* pour se perdre quelques mètres plus loin dans les craquelures de la terre.

— Elle donne de moins en moins chaque jour, grommela Tseg en remplissant un premier seau pour les chevaux qui piaffaient en sentant l'odeur de l'eau.

Le seau se remplissait si lentement qu'il fallut toute la poigne d'Uugan pour les empêcher de se battre. Les bêtes burent enfin à longs traits, les yeux mi-clos et la bouche ruisselante.

La nuit était tombée lorsque les deux hommes revinrent. Galshan et Sofia n'avaient pas un instant cessé de parler, et la *ger* sentait l'*aïrak*[1] et la soupe de viande. La femme de Tsegmidjin en servit un grand bol à chacun.

— Vous allez rester ici pour la nuit, fit-elle, il est trop tard pour repartir.

1. Lait de jument fermenté.

CHAPITRE 27

La journée promettait d'être tout aussi chaude que les précédentes et les bêtes s'étaient réfugiées à l'ombre dès les premiers rayons de soleil. Debout devant leur *ger*, très droits, Tsegmidjin et sa femme Gulundshaa avaient revêtu leurs plus beaux habits. Tseg tenait son cheval par la bride. Couché à leurs pieds, leur chien fixait attentivement l'objectif de Sofia et aboyait chaque fois qu'elle appuyait sur le déclencheur.

Schlick !... Schlick !...

— Et voilà, fit Sofia en leur tendant son appareil.

Tseg et Gulundshaa se penchèrent vers le petit écran numérique. L'homme se fendit d'un large sourire édenté tandis que la femme pouffait de rire.

— Je vous l'enverrai dès que possible, leur promit Sofia.

Elle s'inclina devant eux, les mains jointes contre sa poitrine.

— Je te dois la vie, Tsegmidjin, ainsi qu'à toi, Gulundshaa, qui m'as accueillie sous ton toit, m'as nourrie et m'as soignée. Je préfère ne pas penser à ce qui se serait passé si vous n'aviez pas été sur mon chemin... *Baïrla.*

Tseg attendit que Galshan ait fini de traduire pour hausser les épaules.

— C'est le chien qu'il faut remercier. C'est lui qui a senti que tu arrivais, pas moi.

Sofia sourit et s'inclina alors devant Galshan.

— Je te dois aussi beaucoup, Galshan. Parce que tu as réussi à retrouver ton chemin et que sans cela (elle montra son appareil photo) je ne serais plus bonne à rien ! *Baïrla.*

Galshan rougit jusqu'aux oreilles. C'était la première fois que quelqu'un la saluait ainsi.

Sofia s'inclina enfin devant Uugan.

— *Baïrla*, Uugan. Merci d'être parti à ma recherche.

Les chevaux étaient prêts. Le cheval de Sofia n'avait pas reparu depuis la tempête. S'il n'était pas revenu de lui-même vers les hommes, c'est qu'il était mort quelque part dans les collines... Tseg lui tendit les rênes d'un *nomkhon* de son propre troupeau, mais il refusa l'argent que Sofia lui tendait en échange.

— Le prix de mon cheval sera la photo que tu as prise.

La femme de Tseg chuchota alors quelques mots à l'oreille de Galshan, qui pouffa de rire.

— Attends, Sofia ! Gulundshaa n'est pas d'accord avec son mari. Elle dit que le cheval vaut plus qu'une photo.

Un peu étonnée, Sofia s'apprêta à sortir des dollars de son sac, mais Galshan la retint :

— Non ! Pas d'argent ! Elle veut une mèche de tes cheveux en plus ! Une mèche et une photo, c'est le prix du cheval. Sans cela, personne ne croira jamais qu'elle a hébergé sous son toit une étrangère aux cheveux jaunes.

Et Gulundshaa lui tendit en riant une minuscule paire de ciseaux.

*

Uugan regardait le ciel, l'air préoccupé. Le vent s'était remis à souffler et, déjà, la chaleur était étouffante. Il voulait retrouver son troupeau au plus tôt et se remettre en route vers le nord. Il était plus que temps. Même les animaux les plus résistants ne supporteraient plus très longtemps d'être privés de tout. Tsegmidjin suivit son regard. La plupart de ses propres bêtes étaient maigres à faire peur et, ce matin à son réveil, la source n'était plus qu'un minuscule filet d'eau au milieu d'une mare de boue sèche et craquelée.

— Tu devrais te joindre à nous, fit Uugan.

— Je vais attendre ici encore deux ou trois jours, et si les orages d'été ne viennent pas, je te suivrai vers le nord. Mais même là où tu vas, rien n'est certain. Parfois j'écoute la petite radio que mon fils m'a offerte, ils disent que c'est partout pareil. Jamais le pays n'a autant manqué de pluies.

Uugan hocha la tête.

— L'eau finira bien par tomber, non ?

Tseg regardait le ciel, clair jusqu'à l'horizon et sans le moindre espoir de nuages. Uugan ne répondit pas et botta son cheval.

— Ne tarde pas à te décider, ou tes bêtes seront trop faibles pour un tel voyage. *Saïn suuj baïgarai.*[1]

— *Saïn iavarai !* Bonne route !

---

1. « Reste bien chez toi. »

CHAPITRE 28

Trois jours que les troupeaux avaient repris leur marche vers le nord.

Trois jours de chaleur écrasante et de vent brûlant.

Trois jours sans la moindre source sur le chemin.

Les outres que portaient les yacks étaient maintenant presque vides. Les bêtes les plus faibles tombaient dans la poussière, les pattes tremblantes et la bouche écumante de bave. Elles fixaient le ciel de leurs yeux vitreux tandis qu'au-dessus d'elles, les vautours tournoyaient en silence.

Uugan n'était plus du tout certain d'avoir fait le bon choix en partant vers le nord. Se pouvait-il que plus jamais les pluies ne tombent ? Se pouvait-il que les orages d'été disparaissent ainsi et laissent la peau de la terre ridée comme celle d'un vieillard ? *Prends mes bêtes avec toi,* lui avait dit le vieux Baytar avant le départ, *je sais qu'elles seront en de bonnes mains.* En de bonnes mains ! Il eut un sourire amer. C'est à peine s'il restait une dizaine de brebis au vieux.

Tsaamed avait compté et recompté les bêtes. La tempête en avait volé plus de quarante, une vingtaine étaient mortes depuis, et Uugan avait dû abattre l'un des chevaux hier. Le premier... Les bêtes survivantes étaient efflanquées et à bout de forces. Même en avançant doucement, toutes ne survivraient pas à la marche de cette nuit. Un troupeau de spectres, voilà ce qu'il lui restait.

Aidés par Galshan, Tsaamed et Uugan finirent de rassembler les bêtes tandis que Sofia prenait photo sur photo. Le soleil disparut derrière les collines poussiéreuses et le fouet d'Uugan claqua.

— Yaïïïa ! Yaïïïa !

Les bêtes se mirent en marche dans le crépuscule, traînant des pattes et bêlant de soif, les chiens eux-mêmes avaient perdu tout entrain. Il faisait si chaud que la terre même semblait sur le point de mourir.

La nuit tomba. Uugan fixa la seule lanterne qu'il lui restait sur les cornes du grand yack et rejoignit Galshan.

— As-tu déjà conduit le troupeau en pleine nuit ?

— Jamais... Mais je crois que je pourrais.

— Et tu sais vers où aller ? insista Uugan.

— Par là. Vers cette étoile...

Elle désigna l'étoile Polaire. Le vieux Baytar lui avait appris à lire dans le ciel et à se repérer, même au cœur de la nuit. Uugan hocha la tête.

— Vas-y doucement, les bêtes sont harassées.

Et, sans rien ajouter, il se dirigea vers l'arrière du troupeau. La plus mauvaise place. Celle où l'on respirait toute la poussière soulevée par les centaines de pattes et de sabots. Celle aussi où se retrouvaient les bêtes exténuées.

Quelque part dans les collines, un renard poussa un glapissement aigu. Les chiens lui répondirent par quelques aboiements furieux. Puis le silence retomba, entrecoupé par les bêlements et le mugissement grave des yacks.

Galshan sursauta en entendant un coup de feu à l'arrière, immédiatement suivi d'un second. Elle pensa à Uugan, obligé d'abattre ses propres bêtes pour ne pas retarder les autres. Un geste qu'elle ne pourrait jamais faire.

Les heures s'égrenèrent. Celle de la Souris, puis celle du Bœuf[1]... Sofia dodelinait de la tête, tassée sur sa selle, tandis que Galshan surveillait les bêtes qui avançaient, imbriquées les unes dans les autres, comme pour s'épauler. Toujours vers le nord... En direction de l'étoile Polaire, elle n'en dérivait que pour éviter une pente trop rude ou

1. De minuit à deux heures, puis de deux à quatre heures.

contourner les amas de roches qu'elle devinait dans l'obscurité.

Un nouveau coup de feu retentit dans la nuit.

La veille, Galshan avait entendu des éclats de voix. C'était Tsaamed et Uugan. Jamais encore elle ne les avait vus se fâcher. C'était de la folie, disait Tsaamed que de s'être lancé dans ce voyage. Toutes les bêtes allaient mourir et il ne leur resterait rien. Sa voix vibrait, elle était à deux doigts de pleurer. Il aurait été tout aussi fou de rester sans rien faire, à attendre que les bêtes meurent sur place, avait répliqué Uugan. Personne ne pouvait imaginer un tel été. La terre était devenue folle et personne ne savait ce qu'elle réservait aux hommes. Moins folle que toi, avait lancé Tsaamed. Et le ton était monté jusqu'à ce que les petits jumeaux se réveillent en hurlant.

Une ligne plus claire se dessina vers l'est, derrière les crêtes. Dans la pénombre, Galshan devina les herbes grillées de soleil qui ondulaient sous le vent. C'était déjà l'heure du Tigre[1]. Il faudrait bientôt s'arrêter, trouver de l'ombre et patienter jusqu'au soir. Quant aux sources, nul n'osait encore en espérer sur le chemin. Galshan avait l'impression que les troupeaux avaient à peine avancé au cours de la nuit. Jamais ils n'arriveraient à temps

1. Entre quatre et six heures du matin.

aux pâturages dont avait parlé Uugan pour sauver les bêtes.

Sofia s'éloigna pour prendre des photos du lever du soleil, mais elle fit soudain volte-face et revint au grand galop.

— Galshan ! Regarde, là-bas !

Dans le demi-jour, on devinait une épaisse masse de nuages qui avançait en direction des troupeaux. Des nuages énormes et bourgeonnants, presque aussi noirs que la nuit.

— Uugan ! hurla Galshan. Uugan ! Regarde là-bas ! Les nuages !

Uugan les avait déjà repérés. Dressé sur ses étriers, il guettait l'avancée de la masse sombre au-dessus des collines. Les nuages que tous attendaient depuis des semaines étaient enfin là, porteurs des orages et des pluies d'été.

Un éclair zébra soudain l'horizon et le vent apporta les odeurs mêlées de la pluie et de la terre mouillée. Excitées par l'orage tout proche, les bêtes se bousculaient, le cou tendu vers le ciel. Le grand yack mugissait d'une voix grave tandis que les chevaux grattaient le sol de leurs sabots, les naseaux écartés et les yeux un peu fous.

Un nouvel éclair déchiqueta le ciel et le tonnerre roula au-dessus des collines.

Tsaamed rejoignit Uugan, un jumeau dans chaque bras. Le sourire aux lèvres, elle montra les nuages à ses enfants qui cillaient des yeux à chaque éclair. Galshan s'approcha de Töönejlig et lui murmura quelques mots à l'oreille.

Les éclairs se succédaient maintenant sans répit, immédiatement suivis de coups de tonnerre qui ébranlaient le sol et se répercutaient de colline en colline. Les bêtes trépignaient. Un chien se mit à hurler et les autres l'imitèrent aussitôt, le cou dressé presque à la verticale. Comme des loups. Tout contre elle, Galshan sentait la jument vibrer d'impatience. Hommes et bêtes guettaient le ciel dans l'attente de l'eau.

Un éclair cisailla le ciel et les premières gouttes s'écrasèrent dans la poussière, une à une, en claquant contre le sol crevassé. La pluie était enfin là ! Dans un vacarme assourdissant, la foudre s'abattit sur une colline toute proche. Les éclairs sillonnaient le ciel et l'air chargé d'électricité vibrait comme un tambour.

Mais, en quelques secondes, les nuages qui défilaient à toute allure au-dessus des troupeaux semblèrent se déporter plus loin. Les éclairs claquaient avec moins de violence. Les gouttes s'espacèrent subitement et leur bruissement contre le sol finit par se taire. Aussi vite qu'il avait fondu sur le troupeau, l'orage s'éloigna. Il n'avait donné que quelques misérables gouttes aussitôt bues par le sol. L'écho du tonnerre résonnait encore au-dessus des collines lorsque Tsaamed se mit à pleurer.

Sofia fit une photo d'elle avec les petits jumeaux serrés contre sa poitrine.

Les bêtes devinrent comme folles. Elles se piétinaient, s'agitaient en tous sens, se mordaient, et bêlaient comme pour supplier la pluie de revenir. L'orage n'avait fait que les effleurer avant de passer au loin, comme pour les narguer.

Les yeux brouillés de larmes, Galshan colla sa joue contre les flancs de Töönejlig.

Elle lui caressa le ventre. Les mamelles de la jument étaient gonflées, pleines de lait. En les effleurant, Galshan sentit une petite goutte de liquide se déposer sur ses doigts. Elle le goûta du bout des lèvres. C'était du lait. Le lait de la jument.

Galshan frissonna. Le vieux Baytar lui avait appris que c'était là l'un des signes les plus sûrs que les juments arrivaient à terme. Le petit de Töönejlig allait naître et la pluie refusait toujours de tomber.

CHAPITRE 29

Les derniers nuages d'orage disparurent à l'horizon et le jour se leva sur un ciel brûlant, lisse comme une plaque de tôle.

Le lit d'un ruisseau asséché serpentait au fond de la vallée, blanc et sec comme les ossements d'un gigantesque animal, et les herbes grillées de soleil bruissaient dans le vent. Les vautours reprirent leur ronde au-dessus du troupeau. Hormis un dernier bidon sur lequel Tsaamed veillait, il ne restait plus une goutte d'eau, que ce soit pour les hommes ou pour le troupeau.

Chacun savait que la plupart des bêtes ne supporteraient pas une nouvelle nuit de marche. Uugan sella le plus résistant de ses chevaux et chargea les yacks des outres vides.

— Je ne reviendrai pas avant d'avoir trouvé de l'eau, promit-il.

Sofia le photographia alors qu'il s'éloignait dans la poussière ; les yacks mugissaient de fatigue et Chien noir trottait à ses côtés. Uugan comptait sur son flair pour trouver une source capable d'approvisionner le troupeau, mais nul ne savait si une telle source existait encore.

Galshan s'approcha de Töönejlig et s'accroupit auprès d'elle. D'elle-même, la jument s'était mise à l'écart des autres. De temps à autre, elle tournait la tête et se mordillait les flancs. Galshan ne la quittait pas des yeux et lui parlait à voix basse.

Les heures les plus chaudes de la journée passèrent, celle du Serpent, puis celle du Cheval[1]... Accablées de chaleur, les brebis s'étaient réfugiées dans les minces bandes d'ombre, au pied des rochers. La plupart n'avaient même plus la force de bêler. Uugan ne revenait pas et Tsaamed ne cessait de guetter son retour, enfermée dans un silence dont elle ne sortait que pour s'occuper des jumeaux. Sofia rejoignit Galshan et s'accroupit à côté d'elle, le dos contre la roche tiède. Elle désigna la jument qui tournait en rond et ne s'arrêtait que pour gratter le sol, les yeux un peu effarés.

— Tu crois que son petit va naître aujourd'hui ?

— Cette nuit, fit Galshan. Elle ne le laissera pas naître en pleine chaleur.

1. De dix à douze heures, puis de douze à quatorze heures.

156

Elle esquissa un sourire.

— De toute façon, j'ai déjà perdu mon pari.

— Ton pari ?

— Juste avant de quitter Tsagüng, Töönejlig était si grosse que j'ai parié avec mon grand-père sur le jour de naissance du poulain. J'étais persuadée qu'il allait naître dans les heures ou les jours à venir. De son côté, Attas était sûr qu'il ne naîtrait pas avant dix jours. C'est aujourd'hui le dixième jour, il a gagné.

— Et qu'est-ce qu'il a gagné ?

— Le poulain. S'il était né plus tôt, il me l'aurait donné. Jamais je n'ai eu de cheval à moi...

— J'aimerais prendre des photos de la naissance. Ça ne va pas déranger la mère ?

— Pourquoi est-ce que tu ne photographies que des choses tristes ? Des bêtes toutes maigres, des vautours qui tournent ou Tsaamed en train de pleurer, comme ce matin...

— Je prends ce que j'ai sous les yeux, Galshan. Mais il n'y a rien de triste dans une naissance, c'est même plutôt le contraire, non ?

— Celle-ci va être triste.

Sofia la regarda sans comprendre.

— Le petit va mourir. Si la mère n'a pas assez d'eau, elle n'aura pas non plus assez de lait pour le nourrir et puis il fait bien trop chaud pour qu'il survive. Tous les poulains de l'été sont morts. Tous...

Sofia ne répondit pas.

À quelques pas de là, Töönejlig s'était couchée sur le sol et grattait la poussière avec ses pattes. De temps à autre, elle s'arrêtait et regardait en direction de Galshan en montrant les dents.

CHAPITRE 30

Uugan n'était toujours pas revenu lorsque la nuit tomba sur les collines.

Couchée sur le flanc et le poil couvert de sueur, Töönejlig poussait de petits grondements. Accroupie à côté d'elle, Galshan la caressait et l'encourageait à mi-voix. Sous sa main, elle sentait son ventre se contracter à intervalles de plus en plus rapprochés. Du liquide s'écoula soudain le long des cuisses de la jument. Baytar appelait cela « perdre les eaux ». Galshan n'était pas certaine que ce soit réellement de l'eau, mais elle était sûre, en revanche, que c'était là le signe que le poulain n'allait plus tarder.

Sofia pesta entre ses dents. Galshan lui avait demandé de ne pas utiliser son flash pour ne pas effaroucher la jument et la nuit était si sombre qu'elle ne pouvait prendre aucune photo. Sans un mot, Tsaamed apporta une lampe à gaz qu'elle déposa à même le sol avant de reculer dans l'ombre et de s'asseoir à côté des jumeaux endormis.

— *Baïrla*, murmura Sofia en sortant son appareil.

Le gaz brûlait en sifflant comme un serpent et l'éclairage était à peine suffisant, mais c'était mieux que rien. Attirés par la lumière, des myriades d'insectes tournoyaient en se cognant au verre de la lampe.

— *Guruj*, ma belle. Ton petit va naître...

Galshan ne cessait de chuchoter à l'oreille de la jument une chanson que le vieux Baytar lui avait apprise la première fois qu'elle avait assisté à la naissance d'un poulain.

Donne ton lait blanc, ma belle jument,
Voici le poulain qui sort de ton corps tout chaud,
C'est le tien, ne l'oublie jamais,
Guruj, *guruj, ma belle jument...*[1]

Les mots revenaient d'eux-mêmes, sans qu'elle les cherche, comme si son grand-père était là, avec elle, à les lui souffler au fur et à mesure, et Töönejlig dressa les oreilles.

Plusieurs fois, le vieil homme lui avait dit que la seule chose à faire au moment du poulinage, c'était de chanter ! Tout le reste était inutile. Les hommes

1. D'après *La Fin du chant*, de Galsan Tschinag, éditions L'Esprit des péninsules.

avaient peut-être besoin des chevaux, mais les chevaux, eux, n'avaient pas besoin des hommes. Bien des poulains étaient nés avant que les hommes et les chevaux ne vivent ensemble, certainement plus qu'il y avait d'étoiles dans le ciel, et personne ne les avait aidés à venir au monde.

La jument eut une nouvelle contraction. Une sorte de membrane nacrée brillait entre ses cuisses. C'était l'enveloppe qui protégeait le poulain. Les pattes avant apparurent, avec leurs minuscules sabots. La jument releva la tête comme pour chercher à voir ce qui se passait. Elle laissa échapper un grognement et une nouvelle contraction lui parcourut les flancs. Son ventre était dur comme de la pierre. Le nez du poulain se glissa entre les cuisses de sa mère, puis le chanfrein. Le ventre de la jument se contractait à intervalles réguliers et le petit venait peu à peu au monde, sortant un peu plus à chaque poussée de sa mère. Les flancs de Töönejlig se tendirent de nouveau et Galshan aperçut bientôt la tête du poulain tout entière. Légèrement tachée de sang, la fine membrane l'enveloppait encore comme un voile.

Galshan chantonnait toujours sans prêter attention aux *schlick, schlick* de l'appareil de Sofia.

L'enveloppe se déchira et, dans un dernier effort, le poulain apparut le poil mouillé et collé comme s'il sortait d'une rivière. Töönejlig resta un moment sans bouger, à reprendre son souffle, puis, toujours allongée, elle commença à lécher longuement son petit qui frissonnait à chaque coup de langue. Le cordon ombilical le reliait toujours au ventre de sa mère. Galshan savait qu'il ne fallait pas y toucher. Le vieux Baytar l'avait prévenue. « C'est par ce chemin que passe toute la force qu'elle donne à son petit. »

Töönejlig ne cessait de nettoyer son petit à grands coups de langue, la lampe à gaz projetait des ombres immenses et Galshan chantonnait toujours.

Donne ton lait blanc, ma belle jument,
Ton lait qui éclaire la nuit noire
Et la vie de ton petit
Guruj, guruj, ma belle jument...

— Tu as entendu ? l'interrompit Sofia en se relevant soudain.

Trop occupée à regarder Töönejlig et son petit, Galshan ne se retourna même pas.

— Écoute, Galshan, on dirait...

Tsaamed était sortie de l'ombre et observait le ciel. Une rumeur sourde montait de l'horizon, accompagnée d'odeurs qu'elle avait presque oubliées. Des odeurs de pluie et d'humidité... Les bêtes les avaient aussi senties. Elles se figèrent, le museau tendu dans le vent.

Un éclair illumina la nuit. Galshan se redressa. Il y eut quelques secondes de silence étourdissant, et puis le grondement lourd de l'orage roula à travers les collines, se répercutant de l'une à l'autre comme l'écho d'un énorme tambour. Les étoiles s'éteignirent une à une, masquées par l'avancée des nuages, l'horizon se mit à crépiter tandis que la nuit se zébrait d'estafilades éblouissantes. Töönejlig léchait toujours son poulain.

Un nouvel éclair déchira l'obscurité. Le coup de tonnerre qui suivit claqua comme un coup de fusil. Et soudain, l'orage se déchaîna. Les éclairs se succédaient sans une seconde de répit, éclaboussant la nuit et déchiquetant le ciel d'un horizon à l'autre. Les collines semblaient chanceler sous les coups du tonnerre. La terre tremblait et l'air vibrait comme un gong.

Les brebis bêlaient et les chevaux hennissaient, la tête tendue vers l'horizon, rendus fous par l'odeur de la pluie. La nuit tout entière grésillait, chargée d'électricité, et il ne pleuvait toujours pas. L'orage allait-il les contourner comme ce matin ?... Un gigantesque éclair taillada le ciel avant de s'abattre sur le sommet d'une colline toute proche dans un vacarme de fin du monde. La roche parut exploser sous le choc. Les oreilles sifflantes, Galshan prit la main de Tsaamed. Les éclairs fusaient de partout et, chaque fois, elle apercevait Töönejlig, qui léchait toujours son poulain comme si de rien n'était. Le vacarme de l'orage se doubla soudain d'un autre bruit, plus régulier, comme si des milliers de pieds

minuscules frappaient le sol en cadence. De plus
en plus fort, de plus en plus vite.

— La pluie, murmura Tsaamed.

Le battement des gouttes se rapprocha, la terre
frémissait. À la lueur d'un éclair, Galshan vit le
rideau de pluie qui avançait à toute allure. Il fran-
chit la crête de la colline qui bordait la vallée, dévala
la pente et, dans la seconde d'après, la pluie fondit sur eux. Elle dégringolait en gouttes serrées et
tièdes comme du lait, elle crépitait contre le sol
et ruisselait jusque dans les moindres fissures.
Tsaamed écarta les bras et se mit à tourner sur
elle-même, la bouche grande ouverte vers le ciel.
Il pleuvait si fort que, par moments, le vacarme de
l'eau couvrait celui de l'orage.

Töönejlig s'était relevée. La tête penchée vers le
sol, elle léchait encore et encore son poulain sans
se soucier de la pluie, des éclairs ou du bruit. Le
petit agita les jambes. Il tenta une première fois de
se relever, mais un coup de langue un peu appuyé
de sa mère le fit basculer. Il attendit un moment
avant de renouveler sa tentative.

Galshan sentit la pluie traverser ses vêtements.
Elle reprit la chanson de naissance des poulains là
où elle l'avait laissée.

Donne ton lait blanc, ma belle jument,
Ton poulain va se relever

C'est le tien, regarde comme il est beau
Guruj, guruj, ma belle jument...

Elle devait presque hurler pour s'entendre par-dessus le fracas de l'orage.

Le poulain planta ses deux sabots antérieurs bien droit devant lui et tenta de nouveau de se redresser en poussant avec ses pattes arrière. Il vacilla et finit par retomber sur le côté. Pendant quelques secondes, les éclairs firent une pause. Le suivant traversa le ciel de bout en bout et Galshan entrevit le poulain, agenouillé sur les pattes de devant et le nez au ras du sol. Il fit un nouvel effort pour se relever pendant que Töönejlig l'encourageait en le poussant de la tête.

La pluie dégringolait toujours en crépitant. À travers les flashs éblouissants des éclairs, Galshan aperçut Tsaamed. Elle tournoyait toujours sous la pluie, tenant entre ses bras ses enfants trempés qui riaient aux éclats. Sofia s'approcha de Galshan, ses cheveux étaient collés par la pluie. Elle sourit.

— C'est fichu pour mes photos, mais le poulain va vivre.

Galshan hocha la tête.

À la lueur d'un éclair, elle l'aperçut qui s'était enfin redressé. Les pattes encore tremblantes, il tétait, la tête glissée sous le ventre de sa mère pendant que les brebis buvaient à même les flaques boueuses.

CHAPITRE 31

Uugan arriva peu après l'heure du Lièvre[1], trempé et aussi fourbu que ses bêtes, mais hilare.

— Il pleut ! hurla-t-il d'aussi loin qu'il pût. Il pleut !

À peine descendu de cheval, il prit l'un des jumeaux dans ses bras et le fit sauter en l'air sous la pluie en le rattrapant comme une balle. Chaque fois, le gamin hurlait de frayeur et de plaisir. Son père finit par le serrer contre lui en le protégeant sous son *deel* trempé. Le visage tourné vers le ciel, le petit happait du bout de la langue les gouttes qui ruisselaient sur son visage.

Accroupi sous la bâche que Tsaamed avait installée au cours de la nuit, Uugan but quelques gorgées de thé bouillant. L'orage l'avait surpris au début de

1. Entre six et huit heures.

la nuit, alors que, malgré l'obscurité, il s'obstinait encore à chercher une source réchappée de la sécheresse. Il n'avait même pas eu le temps de sortir de la gorge étroite dans laquelle il s'était aventuré. L'eau était montée en quelques minutes, si fort et si vite que l'un de ses yacks avait été emporté. Il s'était alors réfugié avec les bêtes survivantes sur une plate-forme rocheuse, à peine assez large pour les accueillir, et c'est là qu'il avait passé la nuit, alors que l'eau grondait à ses pieds comme si les semaines de sécheresse n'avaient été qu'un mauvais rêve. Ce n'est qu'au petit jour qu'il avait réussi à se frayer un chemin jusqu'à la vallée.

Uugan se leva et observa le ciel noir et gorgé de pluie. Les nuages étaient si bas qu'ils cachaient les collines et l'eau ravinait le long des pentes en centaines de torrents miniatures dans lesquels les bêtes pataugeaient.

La pluie tombait sans discontinuer, aussi drue et tiède qu'au cours de la nuit. De lourds grondements montaient encore de l'horizon. L'orage rôdait toujours et pouvait revenir à tout moment. Il fallait monter la *ger* au plus vite et s'y abriter.

Tsaamed, Uugan et Galshan durent s'y mettre à trois pour la décharger du chariot, le feutre s'était gorgé d'eau pendant la nuit et la toile pesait des tonnes. Il n'allait pas être facile de la tendre. Sans parler de l'armature qu'il faudrait monter sous la pluie battante. À quelques pas de là, engoncée dans un vêtement de pluie orange fluo, comme seule une étrangère pouvait en porter, Sofia prenait des photos en rageant contre l'eau qui risquait d'abîmer ses appareils.

— Tu ferais mieux de venir nous aider ! lui cria Galshan hors d'haleine.

Imperturbable, Sofia appuya sur le déclencheur de son appareil et la saisit au moment où elle se tournait vers elle, le visage ruisselant de pluie et les cheveux collés sur le front... *Schlick !*

— Tu fais vraiment un métier bizarre ! grogna Galshan. À quoi ça te sert de prendre toutes ces photos alors qu'on a besoin de toi pour des choses urgentes ? Tu as peur de te fatiguer ?

— On croirait entendre ton grand-père, sourit Sofia.

Galshan haussa les épaules et Sofia continua de photographier le montage de la *ger*.

*

Tsaamed avait tapissé le sol de toiles sur lesquelles elle avait étendu des tapis. Un petit feu d'*argol*[1] fumaillait dans l'atmosphère chargée d'humidité et la bouilloire à thé chantonnait sur le poêle.

---

1. Bouses séchées qui servent de combustible.

Suspendus aux montants de la *ger*, les vêtements trempés s'égouttaient en fumant tandis que, tout nus sur des peaux de renard, les jumeaux babillaient. La pluie tambourinait sur les toiles de feutre.

Galshan était la seule à ne pas être rentrée s'abriter. Entrouvrant la porte de la *ger*, Sofia l'aperçut qui se dirigeait vers Töönejlig et son petit. Elle attrapa son appareil et la rejoignit.

Le poulain était couché auprès de sa mère. La jument l'avait repoussé contre un gros rocher en surplomb pour le protéger au mieux de la pluie et, malgré le véritable déluge qui s'abattait, il avait le poil à peine humide. Sa robe brun clair se confondait avec la couleur des herbes qui se courbaient sous la pluie, seul ressortait le noir de ses crins et du bas de ses pattes.

Galshan s'accroupit à côté de lui et, d'une main, écarta le toupet de poils qui lui tombait sur le front.

— Regarde ! fit-elle à mi-voix lorsque Sofia s'approcha.

Une tache blanche barrait le front du poulain. Sa mère ne s'appelait pas Töönejlig pour rien. Son nom signifiait : « celle qui a une tache blanche sur le front ». Le poulain en avait hérité, mais la sienne se réduisait à un étroit trait de poils blancs. Un trait en forme d'éclair.

— Il s'appellera Sighur mor', le « cheval de l'orage ».

CHAPITRE 32

La pluie tomba toute la journée. Sans relâche, serrée et compacte. Elle tambourinait contre le sol, dévalait les flancs des collines et venait grossir le ruisseau, qui commença à déborder vers la fin de l'après-midi. Son bouillonnement se mêlait désormais au crépitement de la pluie.

Il pleuvait toujours lorsque la nuit revint et que Galshan se roula dans sa couverture, bercée par le bruissement sans fin de l'eau...

*

L'obscurité était complète et seules quelques braises rougeoyaient encore dans le poêle. Galshan se réveilla. Aux aguets, elle tenta de comprendre ce qui l'avait tirée aussi brusquement de son sommeil.

Elle réalisa soudain que ce qui l'avait réveillée, c'était le silence brutal de la pluie. Il ne pleuvait plus, et le battement incessant des gouttes contre le feutre de la *ger* s'était arrêté.

À tâtons, elle se glissa au-dehors. En contrebas, les bêtes s'ébrouaient et leurs bruits se mêlaient à celui du ruisseau qui dévalait comme un torrent. La nuit était pleine du tintement minuscule des herbes qui s'égouttaient. Galshan rejoignit Töönejlig et son poulain. Le petit était allongé au même endroit, le dos contre la roche qui le protégeait. Galshan se glissa près de lui. L'odeur chaude des chevaux avait quelque chose de rassurant.

Les nuages se dispersèrent peu à peu, laissant place aux étoiles qui réapparaissaient une à une, comme si une main invisible les rallumait au fur et à mesure.

Le jour pointait à peine lorsqu'une étoile filante traversa le ciel d'un horizon à l'autre. Elle décrivit un grand arc de cercle et disparut vers l'est, là où le jour se levait. Jamais Galshan n'en avait vu une avec une traîne si longue. Vite ! Elle devait faire un vœu. Elle n'avait pas à chercher loin et savait exactement ce qu'elle souhaitait. Le fils de Töönejlig était né le dixième jour, exactement comme le vieux Baytar l'avait prévu, et elle avait perdu son pari. Mais ce que demanda Galshan à voix basse, c'était que, malgré tout, le vieux lui offre ce poulain. Qu'elle le dresse elle-même et qu'il devienne son cheval.

Galshan en rêvait encore lorsque le premier soleil du matin perça à travers les nuages. Un léger reflet vert clair irisait les collines comme un frisson. L'herbe avait déjà commencé à repousser et les bêtes affamées en arrachaient les moindres tiges.

Galshan entendit le bruit au moment où Uugan et Tsaamed sortaient de la *ger*.

À peine gros comme un bourdonnement d'insecte, un grondement de moteur montait de l'horizon, quelque part vers le sud. Uugan et Tsaamed se figèrent tandis que le bruit enflait peu à peu. On ne distinguait toujours rien.

— On dirait le moteur d'une Land Rover, fit Uugan en rejoignant Galshan. Celle de ton père.

Elle hocha la tête sans répondre. Elle aussi avait reconnu le bruit caractéristique du vieux 4×4 de Ryham. Pourquoi n'était-il pas resté à Tsagüng avec Baytar ?

La voiture de Ryham était maintenant nettement visible, des gerbes de boue jaillissaient de chaque côté. Il conduisait à toute allure au milieu des collines qui reverdissaient et il était seul.

En un éclair, Galshan revit l'étoile filante qui avait si longuement traversé le ciel du matin. *Quelqu'un vient de mourir et son esprit quitte la Terre...* C'est ce qu'aurait dit le vieux Baytar en l'apercevant.

Quelqu'un était mort... Comment avait-elle pu ne pas y penser ce matin ?

Baytar...

En frissonnant, Galshan comprit soudain pourquoi son père venait les rejoindre et pourquoi il roulait si vite. Uugan aussi l'avait compris. Il posa la main sur son épaule et ils descendirent à la rencontre de Ryham, côte à côte, sans un mot. Le nom de Baytar palpitait au rythme du cœur de Galshan, il l'envahissait tout entière et résonnait en elle à chaque pas.

— Baytar, répéta-t-elle à voix basse alors que le 4×4 était tout proche.

La vieille Land Rover s'arrêta à quelques mètres d'eux. Ryham en descendit et resta les bras ballants, à regarder sa fille qui se précipitait vers lui. Ünaa, le chien du vieux Baytar, l'accompagnait.

— Galshan, fit Ryham à voix basse. C'est Baytar... il est mort.

Mort ! Tout au fond d'elle, Galshan le savait déjà mais elle se sentit soudain happée par ce mot, comme si elle trébuchait dans le vide. Elle avait l'impression de tomber dans un gouffre sans fond. L'impression de se vider, de n'être plus qu'une enveloppe de peau flasque et creuse. Ses jambes se dérobèrent, elle s'agrippa à son père de toutes ses forces.

Baytar était mort... Ces mots ricochaient de façon absurde à l'intérieur de son crâne. Ils ne voulaient rien dire. Baytar ne pouvait pas mourir. C'était impossible !

La main de Ryham lui caressait les cheveux tandis qu'elle pleurait, le corps secoué de sanglots.

Chapitre 33

Tsaamed tendit à Ryham un bol de thé salé et en remplit un autre qu'elle posa au centre de la table basse et auquel personne ne toucha. Il était là pour honorer le souvenir du vieux. Ryham but une gorgée. Galshan lui tenait la main et Ünaa était couché à ses pieds.

— Baytar est mort le soir de l'orage, commença-t-il.

De ses mains à deux doigts, Uugan roula une cigarette et la tendit à Ryham avant d'allumer la sienne. L'odeur du tabac se mêla à celle du thé. *Schlick !* Personne ne fit attention au petit bruit de l'appareil de Sofia, qui photographiait les visages graves des uns et des autres.

Cet après-midi-là, Ryham était allé jusqu'à la source, au fond du vallon. La chaleur était écrasante et cette source était la dernière de la vallée de Tsagüng à couler encore, mais, depuis quelques jours, son débit était devenu si faible qu'il fallait une journée entière pour remplir le bidon que Ryham y déposait chaque matin. À son retour, il avait trouvé la *ger* vide. Baytar était parti avec son cheval et son chien.

— Je ne me suis pas inquiété, poursuivit Ryham à voix basse. Même s'il était un peu étonnant que le vieux soit parti sous une telle chaleur, c'était plutôt bon signe. Voilà des semaines qu'il n'était plus remonté à cheval...

Et Ryham était resté à Tsagüng, s'attendant à tout moment à voir le vieux revenir, droit comme un i sur son cheval. Le soir était venu et Baytar n'était toujours pas rentré, mais le vieux connaissait la vallée comme personne, sans parler de son cheval ni de son chien. Il ne pouvait pas s'être perdu.

— Par précaution, j'ai quand même allumé un feu dehors...

Ryham sourit.

— Un geste complètement idiot ! Je pensais guider Baytar jusqu'à Tsagüng, l'aider à s'y retrouver, mais pas un seul instant je n'ai pensé qu'il était aveugle ! Je n'ai commencé à vraiment m'inquiéter qu'en entendant les premiers coups de tonnerre... Je connais mon père. C'est un vieux superstitieux. Pour rien au monde il ne serait resté sous l'orage, surtout en pleine nuit. Il craignait trop les démons et les mauvais esprits !

178

Ryham avait alors pris le 4×4 dans l'idée de faire le tour des coins préférés du vieux. Ceux où il avait chassé, ceux d'où il pouvait surveiller ses bêtes... Sans doute s'y était-il abrité... Et puis l'orage s'était abattu d'un coup. Si violent que Ryham avait mis des heures à revenir vers Tsagüng. Sa vieille Land Rover s'embourbait et glissait dans les pentes, les éclairs crépitaient tout autour de lui...

Il n'était rentré qu'au milieu de la nuit.

— À la lueur d'un éclair, j'ai aperçu Tête-Noire, le cheval de mon père. J'ai d'abord cru que je m'étais inquiété pour rien. Une fois de plus, le vieux avait été le plus malin et était rentré sans problème. Ce n'est qu'en approchant que je me suis aperçu que Tête-Noire était encore sellé. Jamais mon père ne l'aurait laissé ainsi, même au plus fort de l'orage. Je l'ai appelé, j'ai fouillé toutes les vieilles *gers* de l'aïl[1]. Il n'était nulle part et son cheval était revenu seul.

Ryham avait alors passé la nuit à le chercher, sous la pluie battante et au milieu de l'orage qui se déchaînait. Ce n'est qu'au matin qu'il avait entendu les aboiements d'Ünaa, le chien de Baytar.

— J'ai retrouvé Ata adossé à un rocher, tourné vers la vallée comme s'il pouvait encore la voir. Il était mort.

Ryham se tut.

---

1. Voir note page 140.

— Mais pourquoi ? fit Galshan, la voix cassée. Pourquoi est-il parti comme ça, tout seul ?

— Je ne sais pas, Galshan.

On n'entendait que les crépitements du poêle et le chuintement de l'eau dans la bouilloire.

— Je l'ai enterré là où il était mort, reprit Ryham. Tourné vers la vallée.

— Et tu lui as bâti un *owoo*[1] ? demanda Galshan, les doigts enfouis dans les poils rêches de Ünaa.

Ryham sourit.

— Le plus haut que j'ai pu.

— Haut comment ?

Ryham se redressa et leva le bras au-dessus de sa tête.

— Jusque-là.

— On va lui en bâtir un autre, encore plus haut, là où est né le poulain de Töönejlig. Baytar est mort au même moment...

*

Le jour finissait lorsque, en équilibre sur les épaules de son père, Galshan cala la dernière pierre de l'*owoo* de Baytar, une pierre effilée comme une flèche et dressée vers le ciel. Tsaamed apporta des bâtonnets d'encens qu'ils calèrent dans les

1. Voir note page 89.

interstices des pierres. Ils les allumèrent un à un alors que la nuit tombait.

Le parfum de l'encens s'élevait vers la nuit et les petites braises brillaient comme autant de minuscules étoiles. Jamais Galshan n'avait vu d'*owoo* aussi haut.

Tous s'inclinèrent en tenant entre leurs mains jointes un bâtonnet d'encens allumé. Lorsqu'ils se redressèrent, l'air était rempli du clignotement de milliers de lueurs bleuâtres.

— Des lucioles, murmura Galshan, les yeux écarquillés. Elles sont venues pour Baytar...

Il y en avait partout. Elles brillaient doucement sur les herbes, le long des rochers, ou agrippées aux branches dénudées des *saxaouls*... Elles virevoltaient et scintillaient dans la nuit, s'allumaient, s'éteignaient sans fin, comme des milliers de petites étoiles filantes.

Chapitre 34

Sofia Harrison chargea son dernier sac à l'arrière de la Land Rover. D'ici deux jours, elle reprendrait l'avion pour repartir dans son pays. Elle se retourna vers Uugan et Tsaamed et s'inclina devant eux, les mains jointes.

— *Baïrla !* Merci de m'avoir accueillie parmi vous. Merci de m'avoir fait partager votre vie.

Ryham traduisit et Tsaamed éclata de rire.

— Mais ce que tu as vu, ce n'est pas notre vie, Sofia ! Tu es venue à une période particulièrement difficile. Jamais nous n'avons vécu un été aussi pénible, mais ce n'est pas toujours aussi dur. Heureusement ! Tu dois revenir nous voir à un moment plus... normal. Et là, tu verras vraiment ce qu'est notre vie. Au printemps prochain par exemple, quand les brebis auront leurs petits... Promis ?

— Promis !

Sofia montra son appareil photo.

— Je n'ai aucune photo de vous deux ensemble...

Uugan et Tsaamed se postèrent devant la porte de leur *ger*, le visage un peu figé. Ils portaient chacun l'un des jumeaux dans leurs bras et Chien noir s'était couché à leurs pieds.

— Attends ! lança Uugan. Il faut que Galshan soit là. Elle est presque une petite sœur pour moi.

Mais Galshan s'était éclipsée en compagnie de Töönejlig et de son petit. Le bras passé sur l'encolure du poulain, elle lui faisait ses adieux. Lorsqu'elle redescendit, elle avait pleuré.

Uugan la prit par les épaules.

— Nous avons discuté une bonne partie de la nuit, ton père et moi...

C'était une façon de parler. Galshan les avait entendus marmonner toute la nuit. Elle avait d'abord tendu l'oreille, cherchant à surprendre ce qu'ils avaient à se dire. Ils parlaient du vieux Baytar et de leurs souvenirs d'enfance en pouffant parfois comme des gamins. Elle avait fini par s'endormir, bercée par le ronronnement de leurs voix. Mais en rouvrant un œil, au beau milieu de la nuit, elle les avait vaguement aperçus. Ils étaient toujours éveillés, à parler encore et encore tout en buvant du thé. De temps à autre, l'un d'eux se levait et allait recharger le poêle avec des galettes d'argol...

— Je vais m'installer dans les pâturages d'été de Tsagüng, reprit Uugan, là où vivait ton grand-père. Ce sont les meilleurs du pays et, bien sûr, tu pourras venir aussi souvent que tu veux. Tu seras toujours la bienvenue. Quant aux bêtes de Baytar, ton père me les a toutes données. Toutes sauf une. Celle-là te revient... Elle est pour toi.

Uugan regarda Galshan en souriant. Il n'avait pas besoin d'en dire plus pour qu'elle comprenne.

— *Baïrla*, fit-elle, les lèvres tremblantes. Merci.

— Ce n'est pas moi qu'il faut remercier, Galshan, c'est le vieux. Plusieurs fois, il m'a dit qu'il voulait t'offrir un cheval. Ce poulain était à lui et c'est lui qui te l'offre aujourd'hui.

— *Baïrla*, murmura de nouveau Galshan.

De là où il était, le vieux Baytar avait exaucé son vœu.

*

Ryham enclencha la première et le 4×4 s'éloigna en cahotant. Les brebis s'égaillèrent à son passage. L'herbe avait reverdi en quelques jours et elles broutaient du matin au soir comme pour rattraper le temps perdu.

Galshan se retourna. Uugan et Tsaamed levaient encore la main. De loin, elle aperçut son poulain tout à côté de l'*owoo* du vieux Baytar. Il était à elle désormais et elle reviendrait dès l'automne pour commencer le dressage en compagnie d'Uugan.

CHAPITRE 35

On était au cœur de l'hiver. Un drôle d'hiver, disaient les gens. Pas assez froid. C'est à peine si les températures étaient tombées au-dessous de moins 10 °C, alors que certaines années, le thermomètre pouvait rester rivé à moins 30 °C – et parfois moins ! – pendant des jours.

Le nez collé à la fenêtre du minuscule appartement d'Ikhoiturüü où toute sa famille habitait, Galshan regardait la neige tomber. Ça avait quelque chose de magique. Lorsqu'il neigeait, même les immeubles gris et délabrés de l'avenue devenaient presque beaux, malgré leurs lézardes et les fers à béton rouillés qui se dressaient vers le ciel gris comme de grandes mains décharnées. Un avion passa au ras des toitures dans un bruit assourdissant et disparut dans la tourmente de neige.

Galshan repensa à ce jour où, en compagnie de son père, elle avait accompagné Sofia à l'aéroport.

— Tu m'enverras tes photos, hein...

— Promis, Galshan !

Et après un dernier signe de la main, Sofia avait disparu derrière les comptoirs d'enregistrement. Il y avait cinq mois de cela. Cinq mois que Sofia Harrison était repartie chez elle. Et cinq mois qu'elle n'avait envoyé aucune des photos promises. Se pouvait-il que l'étrangère aux cheveux jaunes l'ait oubliée aussi vite ? Se pouvait-il qu'elle se soit contentée de promesses qu'elle ne tiendrait jamais ?

Un bus remontait l'avenue sous la neige en crachant d'énormes nuages noirs de gazole. Il s'arrêta en bas de l'immeuble et Galshan aperçut sa mère en descendre, son gros cartable sous le bras et un lourd sac de l'autre côté. Daala ne donnait que quelques heures de cours à l'université, mais elle rapportait chaque fois des quantités astronomiques de devoirs à corriger. Galshan l'entendit monter l'escalier et discuter quelques instants avec la voisine, la vieille Nordshmaa, avant d'ouvrir la porte.

— Galshan, ma chérie, tu es déjà là ? Je pose mon sac et je repars tout de suite. J'ai juste le temps d'aller chercher les livres que j'ai commandés à la librairie avant qu'elle ne ferme. Si tu vois Ryham, dis-lui bien qu'il n'oublie pas d'aller chercher Bumbaj ce soir chez la nourrice.

La porte claqua pour se rouvrir aussitôt.

— Oh, à propos ! Tu as reçu un paquet à ton nom, il est chez la gardienne. Avec tout ce que j'avais à porter, je n'ai pas pu le remonter.

— Un paquet ! Pour moi ?

Mais Daala était déjà repartie. Galshan dévala l'escalier quatre à quatre et se précipita chez la gardienne.

Le paquet l'y attendait.

— Ben dis donc, fit la grosse femme, ça vient de loin ! Tu me garderas les timbres pour mon petit-fils.

Galshan retourna le paquet. *Expéditeur : Sofia Harrison.*

Elle remonta chez elle à toute allure et déchira l'enveloppe, le cœur battant.

C'était une dizaine d'exemplaires de la revue pour laquelle travaillait Sofia. Sur la couverture, en pleine page, le vieux Baytar fixait le monde de ses yeux blancs, monté sur son cheval et vêtu de son plus beau *deel*. Un titre barrait le haut de la page : « Les fils du vent ». Les larmes aux yeux, Galshan resta un long moment à l'admirer. Sofia avait raison, il était beau.

Une quinzaine de pages étaient consacrées au voyage de Sofia. On y voyait les bêtes exténuées de chaleur, les vautours qui planaient au-dessus du troupeau et les larmes de Tsaamed, le soir où l'orage s'était éloigné sans la moindre goutte. On y voyait les tornades de sable et Uugan, le visage dur, en train de guetter le ciel immensément blanc. Et aussi la naissance du petit de Töönejlig, un éclair déchiquetant la nuit, au-dessus des collines, et le visage de Galshan sous la pluie battante. Et sur la dernière page du reportage, les milliers de lucioles scintillaient comme de minuscules braises autour de l'*owoo* du vieux Baytar...

Une petite carte était glissée entre les pages.

... Presque chaque jour depuis que je suis revenue, je repense à ces journées que nous avons passées ensemble. Et chaque fois, je me dis que ton grand-père avait mille raisons d'être fier de toi...

Je t'embrasse.

Sofia

P.-S. : *Il est question que je fasse un livre de toutes ces photos. Je te tiendrai au courant...*

Galshan referma la revue et resta un long moment à regarder la photo de Baytar. La seule photo jamais faite de lui. Il semblait lui sourire.

Xavier-Laurent Petit

L'auteur est né en 1956 dans la région parisienne. Enfant, il adorait s'inventer des histoires. Après des études de philosophie, il est devenu instituteur, puis directeur d'école. Passionné de lecture et de montagne, il se consacre aujourd'hui à l'écriture, principalement pour la jeunesse. Il a publié des romans à l'École des Loisirs, chez Casterman et Flammarion Jeunesse.

Du même auteur :
Piège dans les Rocheuses
153 jours en hiver
Le Col des Mille Larmes

Sylvain Bourrières

L'illustrateur vient de Lyon, où il a appris son premier métier, carrossier. Passionné de dessin, il est ensuite entré aux Arts Déco à Strasbourg. Il a déjà illustré de nombreux livres pour la jeunesse.

Imprimé à Barcelone par:
BLACK PRINT

Dépôt légal : avril 2014
N° d'édition : L.01EJEN000851.A003
Loi n° 49-956 du 16 juillet 1949
sur les publications destinées à la jeunesse